De stad die niet kapot kon gaan "Ieper"

Almeida Fernandez

Verenigde Staten
2024

Afdruk

Titel van het boek: De stad die niet gebroken kon worden 'Ieper'
Auteur: Almeyda Fernandez

Auteur: Almeyda Fernandez
Contact: slushydoe@gmail.com

INHOUD

I. Parijs

Vanaf het uitkijkpunt van het balkon is het uitzicht beneden ronduit fascinerend. De uitgestrekte boomtoppen beneden lijken op een uitgestrekt bos, hun stammen verborgen in een wirwar van steegjes en pleinen, alsof ze worden bekeken vanaf de top van een torenhoge berg. Deze bomen, stevig geworteld in de bodem van de Franse geschiedenis, zijn niet louter flora; ze symboliseren de essentie van het land waarop ze gedijen. Op de stoffige grindpromenade die tussen de groene tuin en de drukke straat loopt, zijn twee jonge figuren, een man en een vrouw, verwikkeld in een levendig spel met rackets – een van de vele tweederangs balspelen waar de kleine bourgeoisie de voorkeur aan geeft. Frankrijk. Hun jassen en hoeden rusten op de rand van een schilderachtige houten kist met daarin een bloeiende sinaasappelboom. Het paar, doordrenkt van het zweet van de hitte van de vroege ochtendzon, is ongetwijfeld verliefd. Hun speelse interactie, ogenschijnlijk frivool en onbeduidend, staat in contrast met het gewicht van de wereld buiten hun bubbel. Het voelt bijna absurd, deze delicate dans van genegenheid, op een tijd en plaats die zo vol spanning is. Ze lijken zich niet bewust, of misschien gewoon niet gehinderd, door de realiteit van de diepe crisis die zich om hen heen ontvouwt – een crisis die alles dreigt te verteren wat ze kennen en waar ze van houden.

Vanaf hetzelfde balkon staan de bezienswaardigheden van Parijs opvallend dichtbij. Het Louvre strekt zich voor u uit, met sculpturen variërend van de werken van Jean Goujon tot de meesterwerken van Carpeaux; de kerk van St. Clotilde, waar het genie van César Franck tientallen jaren verborgen was, onaangetast door de schijnwerpers; het treinstation Quai d'Orsay, een architectonisch wonder dat bewees dat een eindpunt dezelfde emoties kon oproepen als een paleis of tempel; de koepel van de Invalides, trots tegen de skyline; en de majestueuze gevels rondom de Place de la Concorde, waar het Ministerie van Marine is gevestigd. Voor iedereen die Parijs begrijpt – niet alleen als stad, maar als symbool van menselijke prestaties – is de aanblik diep ontroerend. Het kunstenaarschap van het Ministerie van Marine, met zijn prachtige sokkels, lijstwerk en houtsnijwerk, dient als een bewijs van de hoogten van nationaal vakmanschap. Als je ernaar kijkt, word je getransporteerd naar een plaats van diep respect en bewondering.

En toch is het overheersende gevoel er een van een diepe ontsnapping. Al deze schoonheid, al dit erfgoed was op een gegeven moment gevaarlijk dicht bij de vernietiging. Het werd bedreigd door krachten die de waarde ervan nog minder begrepen dan het jonge stel met hun rackets, krachten wier bewustzijn slechts een gefluister was vergeleken met de grootsheid van de beschaving die ze probeerden te ontmantelen. Dit waren wezens wier wreedheid even wreed was als hun onwetendheid grenzeloos. Parijs stond op de rand van een catastrofe, maar overleefde op wonderbaarlijke wijze. Geen enkele stad verkeerde ooit in groter gevaar, en toch slaagde ze er door een meevaller in om een ramp te voorkomen. Langs de straten stonden taxi's met daarin het Zesde Leger – de laatste hoop op redding – dat in een onvoorstelbaar tempo naar voren snelde en daarmee het tij van de strijd en misschien wel de loop van de geschiedenis zelf keerde.

"De bevolking van Parijs is in opstand gekomen en komt ons om genade smeken!" dachten de Duitse verkenners, die de stroom taxi's die naar het noorden raasden, aanzagen voor een teken van paniek. Maar waar ze feitelijk getuige van waren geweest, was de snelle beweging van het Zesde

Leger, waarvan de komst het keerpunt van de campagne zou markeren. De Duitse officier, die zich de volgende dag de fout realiseerde, kon alleen maar nadenken: "Een groot ongeluk heeft ons overvallen." Het was inderdaad veel groter dan hij ooit had kunnen voorzien.

De angst voor wat had kunnen zijn, gecombineerd met de ontzag voor wat er feitelijk gebeurde, vervult de geest met een gevoel van ontzag als je vanaf het balkon naar Parijs staart. De stad was, tegen alle verwachtingen in, ontsnapt. De gebeurtenis was niet zomaar een close call; het was een moment van pure verwondering, een moment dat onmogelijk volledig te bevatten is. Het is te groots en te gedenkwaardig om door de geest volledig te kunnen bevatten.

Hoewel de straten van Parijs zich nog steeds herstellen, heerst er nu een bijzondere rust, alsof het een zondagochtend is. Het gebruikelijke gezoem van activiteit heeft plaatsgemaakt voor een rustige stilte, onderbroken door het zo nu en dan gerommel van terugkerende taxi's. De autobussen, ooit een belangrijk onderdeel van het Parijse leven, zijn nergens meer te vinden, omdat ze zich achter de frontlinies hebben teruggetrokken. De ondergrondse spoorwegen, nu bemand door vrouwen, zijn het belangrijkste vervoermiddel geworden. Een door paarden getrokken bus, schijnbaar herrezen uit een vervlogen tijdperk, ratelt over de grote boulevards, terwijl de chauffeur — een stevige, opgewekte boerin — de kaartjes verzamelt in de ruime plooien van haar zwarte schort. Veel van de meest extravagante en onnodige winkels blijven gesloten, terwijl andere rustig wachten op de terugkeer van de handel. Toch blijven de eenvoudige voorzieningenwinkels, het levensbloed van de arbeiderswijken, gewoon doorwerken, zonder ophef of zelfbewustzijn. De straten zijn gevuld met soldaten in een wilde reeks uniformen – sommige in lichtblauw, andere in het zwart – allemaal door elkaar gegooid in een chaotische maar op de een of andere manier uniforme vertoning. De trottoirs zijn bezaaid met weduwen en wezen, hun verdriet diep en toch onuitgesproken. De jonge meisjes en vrouwen in rouw zijn talrijk; hun zware zwarte sluiers vormen de enige zichtbare lijst met slachtoffers die is toegestaan door het Franse Ministerie van Oorlog.

Parijs, ooit zo vol energie en glamour, lijkt nu een plek die getransformeerd is – vreemd, maar toch onmiskenbaar zichzelf. Te midden van het groeiende besef van een ramp die ternauwernood vermeden kon worden, en het groeiende besef van de macht die de Franse natie nu uitoefent, is de geest van Parijs vastberaden. De Fransen zijn hun eigen identiteit opnieuw gaan begrijpen. Ze zijn boos, maar koel; ze zijn niet verslagen, maar ze zijn veranderd. Getuige zijn van deze transformatie is niets minder dan inspirerend. Parijs is betoverd, een betovering die de schoonheid van zijn veerkracht vergroot, zelfs als de alledaagse details van het dagelijks leven zich blijven ontvouwen, vreemd genoeg hardnekkig.

In een klein appartement op de zesde verdieping zou je een schril contrast kunnen aantreffen met de grandeur van de stad beneden. De keuken, bescheiden met slechts twee gaspitten om te koken, kan gemakkelijk worden voorgesteld onder de wortels van een sinaasappelboom in de tuinen van de Tuilerieën. Het appartement is bijna obsessief netjes, elk item is zorgvuldig gekozen en gekoesterd. Eén zo'n item is een aquarelschilderij, lang vergeten maar nu met trots ingelijst en tentoongesteld. De enige bewoner van het appartement, een ongetrouwde naaister van in de dertig, verdient een bescheiden drie frank per dag, maar is toch rijk aan eenvoud. Haar rijkdom komt niet voort uit materiële bezittingen, maar uit de rustige discipline om binnen haar mogelijkheden te leven. Ondanks haar bescheiden karakter koestert ze een vurig humeur dat slechts twee dingen kunnen uitlokken: elke vermelding van een huwelijk of elke poging om haar gevestigde routines te veranderen. Dit zijn de heilige pijlers van haar bestaan. Haar bezoek aan een klein stadje afgelopen zomer, om haar schoonzus te helpen met het runnen van een café, was bedoeld als een soort vakantie. Toch kon ze de gedachte niet verdragen urenlang te moeten staan en een menigte te dienen die ze nauwelijks verstond. Uiteindelijk werd de aantrekkingskracht van het Parijse leven onweerstaanbaar en keerde ze terug, ondanks de escalerende oorlog om haar heen. De reis was afmattend en duurde drie dagen en twee nachten, vol vluchtelingen en gewonde soldaten. Toch hield ze vol. Toen ze terugkeerde naar Parijs, werd ze begroet met het nieuws dat de Duitsers het café onaangeroerd hadden gelaten, hoewel de oorlog zeker zijn sporen had nagelaten.

Wanneer haar wordt gevraagd naar de reis, zegt ze simpelweg: "Het was verschrikkelijk. Een reis van drie uur veranderde in drie dagen staan, geen ruimte om te bewegen en heel weinig eten of drinken." En toch was ze uiteindelijk teruggekomen. De oorlog had haar leven ontwricht, maar niet haar geest. Gedurende dit alles bleef ze onveranderd en haar gewoonten waren even standvastig als altijd.

En dan is er nog de Boulevard St. Germain – een oud, groots huis, een overblijfsel uit een ander tijdperk. De salon, twintig jaar lang op slot gezeten, draagt nog steeds de zware, sombere inrichting van vervlogen tijden. De matriarch, een weduwe met een formidabele wil, is net zo actief als elke vrouw die half zo oud is als zij. Ze staat om vijf uur 's ochtends op, en geen enkele kok heeft ooit helemaal aan haar normen voldaan. Haar zoon, een vrijgezel van vijftig, is verlamd en brengt zijn dagen door in een rolstoel, omringd door boeken, gravures en kranten. Hun gesprekken gaan vaak over investeringen, de oorlog en de onzekere toekomst die voor ons ligt. Ondanks de erbarmelijke omstandigheden blijft de bejaarde weduwe vastberaden en gelooft ze nooit helemaal dat de Duitsers verslagen zullen worden. "Ze zullen nooit verslagen worden", benadrukt ze, "omdat ze altijd in staat zijn iets nieuws te bedenken." Ze blijft onverschrokken haar huishouden leiden met dezelfde precisie en autoriteit die ze altijd heeft gehad.

Tegenover de vasthoudendheid van deze familie staat het verhaal van een modieuze naaister, een mooie vrouw wier leven door de oorlog op zijn kop staat. Haar man, ooit soldaat, bekleedt nu een kleine administratieve functie, terwijl hun twee jonge zoons het toonbeeld blijven van jeugdige Parijse elegantie. Maar ondanks de oppervlakkige schoonheid van hun leven heeft de oorlog hun middelen onder druk gezet. Haar werkplaats, ooit bruisend van zeventig medewerkers, staat nu leeg. De naaister denkt na over de ontberingen die de oorlog met zich meebracht en merkt op dat de eenvoudigste dingen, zoals zout en cichorei, onmogelijk te verkrijgen waren geworden. Toch blijft ze hoopvol, wachtend op de terugkeer naar de normaliteit, en hoewel de oorlog zijn sporen heeft nagelaten, blijft haar geest ongebroken.

Door deze verhalen onthult Parijs, zowel als stad als als symbool, zijn ware essentie. Ondanks de chaos, ondanks de angst, blijft het bestaan. En in dat uithoudingsvermogen schuilt een schoonheid die niet kan worden uitgedoofd.

Op de laatste momenten van onze bijeenkomst bevond ik mij in het hart van Parijs, in een huis dat beroemd was om de rijkdom van zijn eclectische collectie. Het was een plek met zowel oud als nieuw: snuisterijen, porselein, prachtige ventilatoren en meubels, afgewisseld met moderne schilderijen die de muren vulden. Onder de kunstwerken bevonden zich fresco's van Pierre Bonnard en zijn tijdgenoten, die een zowel verfijnde als eigentijdse sfeer creëerden. Vanaf een zwartmarmeren balkon was het uitzicht ronduit adembenemend en bood het een zeldzaam perspectief op Parijs, het centrum van de stad. Dit was een plek waar werelden met elkaar in botsing kwamen: auteurs, muzikanten, schilders, bestuurders en toevallige bewonderaars kwamen allemaal samen in dezelfde ruimte.

De gastvrouw, altijd vriendelijk, had een hoge functionaris van het ministerie van Buitenlandse Zaken uitgenodigd, iemand die ik al jaren niet meer had gezien. Hoewel ze dat niet expliciet zei, was het duidelijk dat het haar bedoeling was om mijn reizen naar het oorlogsgebied te vergemakkelijken, een onderneming die ik al lang van plan was. Verschillende van mijn oude vrienden waren ook aanwezig, en het was verbazingwekkend om te zien hoeveel van hen erin geslaagd waren actieve dienst te vermijden – sommigen uit noodzaak vanwege hun rol in de administratie, anderen vanwege neutrale standpunten, of omdat ze te oud of fysiek ongeschikt werden geacht. voor dienst. Enkelen waren helaas tijdens hun dienst omgekomen, waardoor er een lege ruimte in de kamer achterbleef.

Te midden van de prachtige chaos van objecten die bewondering opeisten, kwam het gesprek onvermijdelijk op de oorlog terecht. De ambtenaar van het ministerie van Buitenlandse Zaken, gekleed in bleke alpaca en gele laarzen, legde met kalme autoriteit de betekenis achter verschillende gekleurde boeken uit: gele boeken, witte boeken, oranje boeken, blauwe boeken. Maar de echte, dringender zaken bleven onaangeroerd. Er werd muziek gespeeld, waaronder Schumann, een Duitse componist, die een vreemde maar diepgaande sfeer van normaliteit aan de procedure toevoegde. Toen kwam de literatuur op de voorgrond. Eén romanschrijver, die graag mee wilde doen, vroeg mij mijn mening over een boek met de titel The Way of All Flesh. Hij was verrast toen hij hoorde dat het internationaal nog steeds furore maakte, ook al was het al zo lang geleden geschreven. Hij uitte ook zijn nieuwsgierigheid naar George Gissing, een naam die nieuw voor hem was.

Plotseling onderbrak een stem mij vanuit de slecht verlichte hoek van het balkon, waardoor ik schrok. Het was een vraag die niet op zijn plaats leek te midden van zo'n gecultiveerd discours:

'Met vriendelijke groet, haten ze de Duitsers in Engeland? Haten ze ze echt? Ik betwijfel het. Ik betwijfel het ten zeerste.'

Ik lachte ongemakkelijk, zoals elke Engelsman zou kunnen doen, verrast door de botheid van de vraag. De vluchtige episode, hoe kort ook, verstoorde de gespreksstroom en verlegde onze aandacht van literatuur naar een ongemakkelijker onderwerp.

Naarmate de nacht vorderde, stokten de discussies over mijn voorgenomen bezoek aan het front. Hoewel de reis al was geregeld, leek het plannen van het daadwerkelijke vertrek onmogelijk. Dus koos ik voor een bezoek aan Meaux, een plek waar ik al lang door gefascineerd was vanwege de historische en literaire betekenis ervan. Meaux was in de tiende eeuw door de Noormannen in brand gestoken en was in de veertiende eeuw getuige geweest van gruwelijke bloedbaden – gebeurtenissen die een prominente plaats innamen in de Engelse geschiedenis, vooral voor de aristocratie. In de zeventiende eeuw was het ook de zetel van de beroemde bisschop Bossuet. Maar recentelijk, tijdens de Eerste Wereldoorlog, waren de Duitsers opgerukt naar Meaux voordat ze vlak voor Parijs werden tegengehouden. Meaux was dus een symbool geworden, het dichtstbijzijnde punt bij Parijs dat door vijandelijke troepen werd bereikt.

Zelfs een reis naar Meaux vereiste bepaalde formaliteiten. De reis, die met de auto de helft van de tijd zou hebben geduurd, werd vertraagd door het trage tempo van de trein die langs de Marne slingerde. Maar de formaliteiten waren eenvoudig. Meaux, een stad met slechts veertienduizend inwoners, werd gedomineerd door de kathedraal, zozeer zelfs dat de stad, van een afstand gezien, geheel uit dit imposante bouwwerk leek te bestaan.

Bij aankomst huurden we een rijtuig, bestuurd door een plechtige, oudere man die, met weinig enthousiasme, aanbood ons naar Barcy te brengen, een dorp dat tijdens de oorlog was gebombardeerd en platgebrand. Voor vijftien frank, plus een fooi, stemde hij ermee in ons het slagveld te laten zien. Zijn kalme, bijna berustende houding, terwijl hij de dorpen langs de route aanwees, voegde een griezelig gevoel van melancholie toe aan de reis. Toen we door de dorpen Penchard, Poincy en Monthyon reden, sprak de chauffeur over Duitse verkenners die Meaux korte tijd hadden bezet, in de overtuiging dat ze tegenover een veel grotere strijdmacht stonden dan ze in werkelijkheid waren.

Onze chauffeur legde uit hoe de Duitsers in de val waren gelokt door het Engelse hoofdkwartier in La Ferte-sous-Jouarre, dat uit voorzorg een brug had opgeblazen. Vervolgens wees hij naar het eerste graf: een eenvoudig maar aangrijpend graf, gemarkeerd door een witte vlag, een kruis en een kleine krans. Het graf van een soldaat van de 66th Territorials was een symbool van de laatste wanhopige poging van de Duitsers vóór hun terugtocht.

Terwijl we verder liepen, staken we een uitgestrekte vlakte over, bezaaid met stukken bos, tarwevelden en af en toe een grafsteen. Het gebied was ooit een plek van bloedige conflicten geweest, maar nu, in de rustige nasleep, werd het door de natuur teruggewonnen. Hoewel de aarde nog steeds getekend was door de loopgraven, was ze nu bedekt met gewassen en wilde bloemen. Het land genas langzaam, hoewel de herinnering aan de oorlog bleef hangen in de stille graven verspreid over het landschap. Sommige graven waren gemarkeerd met witte vlaggen en kruisen, terwijl andere eenvoudigweg genummerd waren en de bewoners onbekend waren.

We kwamen bij een boerderij die door de Duitsers was gestript. Het meubilair werd geplunderd en de wijnvaten werden vernield. De aanblik van dit verlaten huis, ooit gevuld met bekende voorwerpen, nu leeg en kapot achtergelaten, was een krachtige herinnering aan de verwoesting van de oorlog. Het huis was een stil bewijs van de levens die door het conflict waren ontwricht.

Barcy, ooit een belangrijk slagveld, doemde op. De kerktoren, hoewel verbrijzeld, stond nog steeds als symbool van veerkracht. We passeerden het dorp, dat herbouwd was maar nog steeds tekenen vertoonde van de brute gevechten. Sommige huizen waren gerestaureerd met nieuwe rode daken, terwijl andere nog steeds een ruïne waren. Het postkantoor, zwaar beschadigd, moest nog volledig worden gerepareerd, en de kerk, met zijn kapotte dak en kapotte ramen, was een angstaanjagend gezicht. Binnen bleven de kerkbanken grotendeels intact, maar het altaar en het schip waren een chaotische puinhoop van vernietiging.

Toen we Barcy verlieten, reden we door een landschap met nog meer graven: witte kruisen die de graven van soldaten markeerden. Maar er waren ook donkerdere kruisen, zwarte, die de graven van Duitse soldaten aanduiden. Deze graven, zonder namen of kransen, dienden als een grimmige herinnering aan de vijand die ooit dit land had bezet. Het contrast tussen de witte en zwarte kruisen was opvallend en symboliseerde de diepe verdeeldheid die door de oorlog was ontstaan.

Toen we teruggingen naar Meaux, waren de velden, ooit slagvelden, nu bedekt met gewassen, die de graven eronder leken te negeren en eroverheen groeiden alsof ze de aanhoudende aanwezigheid van de oorlog tartten. De tarwe en haver, rijp voor de oogst, waren een bewijs van de veerkracht van de natuur.

Eindelijk, na een lange dag van reflectie en herinnering, keerden we terug naar het gewone, zakelijke treinstation in Meaux. In het café serveerde een Française ons thee alsof er niets bijzonders was gebeurd. Maar toen we terugkeerden naar Parijs, wist ik dat de ervaring van het bezoeken van het front, het zien van de graven en de overblijfselen van de strijd, mij voor altijd bij zou blijven. Het was een krachtige herinnering dat de frontlinies, ook al waren ze ver weg, ooit dichterbij waren geweest dan we ons hadden durven voorstellen.

II. Frans front

Bij de poste de commandment werden we begroet door de verantwoordelijke officieren, die ons hadden verwacht. Al snel werd duidelijk dat dit een veel voorkomend verschijnsel was. Of het nu een generaal, kolonel of commandant was, bij elke stop was de hoogste officier aanwezig om de situatie uit te leggen. En ze legden alles uit met een helderheid die alleen de Fransen lijken te bezitten — een buitengewone gave, zoals blijkt uit de officiële rapporten over de eerdere fases van de oorlog, die via Reuter met het Angelsaksische publiek waren gedeeld.

Onze kleine groep van vier werd vergezeld door een overvloed aan auto's en chauffeurs. Op geen enkel moment van de dag, of we nu over hobbelige, verslechterende wegen reden of over het land liepen, ontbrak het mij aan een stafofficier aan mijn zijde. Ze gaven mij allemaal de indruk dat ze uitsluitend bestonden om mij van dienst te zijn. Elk detail van onze reis was zorgvuldig georganiseerd en de hele operatie verliep soepel. Geen enkele Amerikaanse correspondent van vóór de Lusitania had meer in de watten kunnen worden gelegd door de Duitsers, die wanhopig op zoek waren naar zijn gunst, dan ik door de Fransen, die mijn welwillendheid al hadden gewonnen zonder dat ik het hoefde te proberen.

Na de formaliteiten van de begroeting gingen we naar een hoog terras van een groot kasteel in de buurt. Van daaruit strekte zich een uitgestrekt gebied van Frankrijk in een glinsterende halve cirkel voor ons uit. In de verte markeerde een lage heuvelrug, onregelmatig bezaaid met bomen, de horizon. Een rivier kronkelde door het landschap en mondde uit in dichte bossen en kleine bosjes. Daarachter strekten zich eindeloze wijngaarden uit op verschillende hellingen, die bijna tot aan onze voeten uit de vallei kropen. Helemaal links stond een stad met torenhoge fabrieksschoorstenen stil, rookvrij.

Boerenvrouwen bogen zich laag in de wijngaarden, terwijl de aarde leek te leven van de landbouw en overvloedig opbracht. Het tafereel was prachtig, tegen een glorieuze zomermiddag. De zon stond hoog aan de hemel en wierp enorme paarse schaduwen die langzaam over het levendige groen van het land bewogen. De lucht was gevuld met een gevoel van vrede, majesteit en de stille rijkdom van de Franse bodem.

'Zie je die witte lijn op de heuvels daar?' vroeg een van de agenten, terwijl hij een grote kaart openvouwde.

Ik vermoedde dat het een weg was.

'Dat zijn de Duitse loopgraven,' legde hij uit. 'Ze zijn acht kilometer verderop en hun wapenposities zijn verborgen in het bos. Onze eigen loopgraven zijn vanaf hier onzichtbaar."

Het was een monumentaal moment: de eerste keer dat ik de Duitse loopgraven zag. De aanblik bracht een mengeling van ontzag en diep verdriet met zich mee. Mijn gedachten raasden: heel Frankrijk voorbij die grens, het land waar ik nu sta, bewoond door mensen zoals de mensen om mij heen, staat onder de onderdrukkende tirannie van indringers. Terwijl ik de omvang probeerde te begrijpen, drong het besef tot me door: deze loopgraven strekten zich uit van Oostende tot Zwitserland, en dezelfde mannen die ze hadden gebouwd waren betrokken bij soortgelijke operaties tot in het noordoosten van Riga en tot in het zuidoosten van de grens met Roemenië. Op dat moment dacht ik: deze bandieten zijn misschien gek, maar ze zijn gek op een grootse, angstaanjagende manier.

We waren aan de voorkant aangekomen.

De afgelopen dertig kilometer hadden we over een zwaar bewaakte weg gereden, afgesloten voor burgers. Zelfs de stafofficieren moesten langs schildwachten passeren en wachtwoorden fluisteren om te voorkomen dat ze werden afgewezen. Het burgerleven in dit gebied was opgeschort en bestond van de ene maaltijd tot de andere op een gevaarlijke manier. Vliegtuigen brulden boven hun hoofd en verbraken elke schijn van vrede. Geen enkele brief kon een postkantoor verlaten zonder een verplichte vertraging van drie dagen, en telegrammen waren zeer verdacht. Toegang krijgen tot een treinstation was bijna net zo moeilijk als het betreden van een fort, en alleen mensen met een paspoort of speciale passen konden genieten van de beperkte vrijheden die nog overbleven. Toch zag ik te midden van dit alles geen tekenen van angst. Niemand fronste of klaagde. Iedereen leek de noodzaak van deze maatregelen in dienst van de immense militaire machine te aanvaarden. Ze wachtten rustig en met een zelfverzekerde glimlach.

Het zou onjuist zijn om te zeggen dat het burgerleven tot stilstand was gekomen. Onder de lagen van militaire controle gingen de fundamentele aspecten van het leven door. Het land bleef opbrengsten opleveren en de gewassen floreerden, helemaal tot aan de rand van de Duitse prikkeldraadversperringen. Officieren waarschuwden de boeren voor het gevaar, maar zij antwoordden eenvoudigweg: Het land moet bewerkt worden.

Als de Duitse artillerie begon te schieten, verdwenen de in het blauw geklede vrouwen in de beschutting van het bos. Een half uur nadat het spervuur was opgehouden, kwamen ze voorzichtig weer boven en zetten hun werk voort. Eén boer zette, schijnbaar onverschillig, zelfs een paraplu op voor schaduw, ook al was het een man.

Wij stonden onmiskenbaar vooraan. Maar op dat moment leek de voorkant eerder abstract dan reëel. Geen geluiden van strijd, geen tekenen van vernietiging – alleen de vage, bleke lijn van de Duitse loopgraven, nauwelijks zichtbaar op de verre heuvels. Een verre donderslag galmde door de lucht. Het was het geluid van geweerschoten. In de verte verscheen een klein rookwolkje. Toch deed deze korte verstoring niets af aan de sereniteit van het landschap. Het hele tafereel leek onverschillig voor de oorlog die er vlak achter opdoemde. Maar zelfs in deze rust wisten we dat we aan de vooravond van iets groots en gevaarlijks stonden.

Iets verderop kregen we de nasleep te zien van een eerdere artillerie-aanval: een enorme krater die in de aarde was geslagen. De aanblik van deze plotselinge verwoesting zorgde ervoor dat de oorlog minder abstract en reëler aanvoelde.

'Er staan tachtigduizend man voor ons,' zei een van de agenten, wijzend naar het landschap.

"Maar waar?" vroeg ik, met moeite om het te begrijpen.

'Begraven – in de loopgraven,' antwoordde hij.

Het leek ongelooflijk.

Ik draaide me om en vroeg: 'En de anderen – de doden?'

'We spreken er nooit over,' was het rustige antwoord. "Maar we denken vaak aan ze."

Iets dichter bij het oorlogsgebied bezochten we het Parc du Génie – het ingenieurspark – waar we heuvels met rollen prikkeldraad zagen, veel gevaarlijker dan alles wat boeren gebruikten. Deze spoelen leken niet alleen ontworpen om iedereen die te dichtbij kwam in de val te lokken, maar ook uit elkaar te scheuren. Er waren ook stapels hout om mijnen te schragen, zakken aarde voor geïmproviseerde schansen en chevaux de frise: vierpuntige apparaten die waren ontworpen om iedereen die de pech had erin verstrikt te raken, te spietsen. Zelfs geteerd papier werd opgeslagen om de loopgraven droog te houden. De hoeveelheden voorraden waren onthutsend.

In de buurt verrichtte een kleine groep Duitse gevangenen onder bewaking ondergeschikte arbeid. Ze trokken rond en namen ontslag, alsof ze wisten dat de oorlog nog lang niet voorbij was. Eén officier vertelde ons dat de Duitsers hadden geprotesteerd toen hij de mogelijkheid had genoemd om gevangenen uit te wisselen, omdat ze gevangenschap verkozen boven terugkeer naar de verschrikkingen van het front. De gevangenen zagen er wreed uit, een grimmige herinnering aan de mensonterende gevolgen van oorlog.

Niet ver hiervandaan bezochten we een ziekenhuis – een ambulance de première ligne – die in een fabriek was opgesteld. Dit was de eerste stop voor de gewonden, die rechtstreeks vanuit de verbandposten achter de frontlinies arriveerden. Bij een telefoontje werd een auto opgeroepen, die vaak vóór de brancarddragers arriveerde. De gewonden konden binnen een uur na hun verwonding worden geopereerd, hoewel veel personeel en apparatuur van het ziekenhuis mobiel waren en zich indien nodig snel konden verplaatsen.

Eén ziekenhuis was ooit binnen zestig minuten volledig geëvacueerd en reageerde snel op een bevel tot plotselinge overplaatsing. We toerden door de faciliteit en passeerden kleine afdelingen, operatiekamers en opslagruimtes, allemaal doordringend van de geur van ether. Er waren weinig patiënten, maar de vermoeidheid op het gezicht van de dokter vertelde het verhaal van de immense bevalling die achter die gesloten deuren moet hebben plaatsgevonden.

Op de grote binnenplaats vonden we een tentenziekenhuis, klaar om op korte termijn te verhuizen. De medische staf werkte binnen rustig door en bereidde zich voor op de volgende crisis, terwijl buiten een wagen met sterilisatieapparatuur wachtte, klaar om in een mum van tijd te worden ingezet.

Onze tour ging verder met een bezoek aan een luchtvaartpark, gelegen in een uitgestrekt korenveld bovenop een heuvel. Daar zagen we hangars waarin vliegtuigen stonden die gebruikt werden om artillerievuur te richten. De vliegtuigen hadden hun eigen transportvoertuigen; soms moesten ze over de weg worden vervoerd als ze beschadigd raakten. De verantwoordelijke officier, een jonge onderofficier met een zuidelijk accent, demonstreerde de capaciteiten van de vliegtuigen, liet ons hun draadloze apparatuur zien en gaf ons de kans om in de cockpit te zitten. Ondanks het ongeschikte weer om te vliegen, liet hij de motor draaien, waardoor er een trek ontstond die het graan achter ons deed buigen en onze hoeden af blies.

Daarna kregen we luchtafweergeschut te zien, speciaal ontworpen om vijandelijke vliegtuigen neer te halen. De officier gaf ons een gedetailleerde uitleg over de werking van de wapens, die bijna een half uur duurde, hoewel veel ervan mijn begrip te boven ging. Het was echter duidelijk dat deze kanonnen waren gebouwd om hun doelen met dodelijke nauwkeurigheid te raken.

Onze laatste stop was bij een vijfenzeventig, het beroemde Franse artilleriestuk. We observeerden de werking ervan, de precisie waarmee het werd geladen en afgevuurd, en de snelheid van zijn terugslag. Toen we voorstelden om het uit te proberen, stemde de officier daar onmiddellijk mee in. Binnen enkele ogenblikken was het pistool klaar om te vuren. Met een scherpe knal werd de granaat gelanceerd, zijn traject onzichtbaar en zijn bestemming onbekend. Voor de goede orde werd een tweede granaat afgevuurd en de artilleristen stonden klaar, voorbereid op wat er daarna zou gebeuren.

We beginnen aan een nieuwe afdaling in de aarde en wagen ons een paar meter verder wanneer, onverwachts, de geul zich in drie richtingen splitst. Er ontstaat verwarring. We weten niet zeker welk pad we moeten volgen, en de officier achter ons, hoe verdwaald we ook zijn, heeft er ook geen idee van. De officier die ons zou moeten leiden, ligt ruim dertig meter verderop, en ondanks onze oproepen komt er geen antwoord. We krabbelen de loopgraaf uit en komen uit op het oppervlak, waar een verlaten woestenij zich uitstrekt zover het oog reikt. Er is geen spoor van onze kameraden, zelfs geen spoor van hun sporen. De grond, onaangetast door menselijke aanwezigheid, lijkt ons te bespotten. Dit op zichzelf dient als een grimmig bewijs van de uitgestrektheid en isolatie van de loopgravenoorlog.

Na een moment van paniek verschijnt er eindelijk een officier die ons naar het juiste pad leidt, de loopgraaf uiterst rechts. We lopen verder door de drukkende hitte, volledig gedesoriënteerd. Ons richtingsgevoel is volledig verloren.

Uiteindelijk bereiken we een deel van de weg waar een spoorlijn kruist. In de verte zien we een Duitse gevangenballon, roerloos tegen de lucht. De spoorlijn, ooit een symbool van vooruitgang en efficiëntie, staat er nu verlaten bij. De signaaldraden hangen als slappe linten en de sporen zijn aan het roesten. De aanblik is angstaanjagend. Het is bijna onbegrijpelijk om getuige te zijn van een dergelijke verwaarlozing van een hoofdlijn in wat ooit een bloeiend, beschaafd land was. Je begint je af te vragen of we getuige zijn van de overblijfselen van een verloren beschaving, waarvan de ziel is uitgewist door de waanzin van de oorlog.

Dit specifieke stuk spoorlijn is nutteloos voor zowel de Duitsers als de Fransen. Het ligt op Frans grondgebied, maar is te blootgesteld aan Duitse artillerie om van enig nut te zijn. Er blijft ongeveer tien kilometer van de sporen over, die dienen als een tragisch monument voor de zinloosheid van de invasie. Het is een plek die wanhoop oproept.

De reis gaat verder en we komen uiteindelijk aan in een dorp dat op het puntje van een Franse saillant ligt. Het beeld dat voor ons ligt is hartverscheurend. Het dorp is volkomen verwoest. De ruïnes zijn een grimmig oorlogsspektakel. Te midden van het puin zien we vreemde, verontrustende overblijfselen: een teddybeer die rust op de kapotte treden van een trap, een bedframe dat half begraven ligt in het puin, en de skeletresten van vogels in een kooi die nog steeds aan de muur hangt. Het hele gebied is een broeinest van bombardementen en de inwoners zitten gevangen in een meedogenloze cyclus van geweld. Toch weigeren een paar burgers, ondanks de chaos, te vertrekken. Zeventien in totaal – zeven mannen en tien vrouwen – blijven koppig op hun plek. Ik spreek met een oudere vrouw, die volhoudt dat er geen gevaar is, dat het leven door moet gaan. Even later ontploft er een granaat op slechts honderd meter van waar we staan. Het is een ontnuchterende herinnering aan de absurditeit van haar geloof en de wrede realiteit van de oorlog die ons omringt.

De dorpskerk, ooit een heiligdom, is nu een schaduw van zichzelf. Het dak is verdwenen, hoewel er nog twee dunne bogen over zijn, die schijnbaar de zwaartekracht tarten. Op het altaar zijn een paar droevige bloemen gerangschikt. Ondanks de verwoestingen wordt er nog steeds elke zondag de mis gevierd, een bewijs van het uithoudingsvermogen van de menselijke geest. We ontmoeten de dorpspastoor, een zwakke man die het Legioen van Eer draagt. In zijn ogen kunnen we zowel het gewicht van zijn jaren zien als de onwrikbare vastberadenheid die hem op deze verlaten plek heeft gehouden.

We vervolgen onze reis door de loopgraven, die nu lijken op een doolhof van onderaardse gangen. De hitte van de zon wordt gevoeld maar niet gezien. Borden aan de muren, zoals "Tranchee de repli" of "Guetteur de jour et de nuit" (wachter overdag en 's nachts), wijzen de weg. We openen een deur en binnen komen we een bleke man tegen die er bijna spookachtig uitziet, die in het donker staat te waken. Hij zegt niets, maar zijn stille aanwezigheid is verontrustend.

Verderop vangen we een glimp op van een verlaten weg en een uitgestrekt netwerk van prikkeldraad. Ons pad slingert verder en we komen bij een geïmproviseerde schans, opgebouwd uit afbrokkelende huizen en stallen. Het geluid van geweervuur klinkt in de verte, maar we kunnen de bron niet zien. We krijgen de machinegeweerkamer te zien, waar de mondingsopening even wordt blootgelegd, en dan worden we ondergronds naar een toevluchtsoord geleid, een schuilplaats tegen de onvermijdelijke bombardementen.

Vervolgens begeven we ons naar de mannenverblijven, waar we worden begroet met een luid "Bonjour, les poilus!" van de Commandant. Zijn stralende glimlach en levendige gebaren zijn aanstekelijk. De soldaten salueren met trots en enthousiasme, hun houding gevuld met een fel gevoel van toewijding. Eén soldaat in het bijzonder valt op: een man met een scherpe blik en een sterke aanwezigheid. Zijn lichaamstaal straalt een onwankelbaar vertrouwen uit, alsof hij zegt: 'Ik weet wat ik waard ben, en ik ben volkomen toegewijd aan deze zaak.' Een jonge officier merkt op dat deze mannen zowel de wildheid van een beest als de zuiverheid van een engel bezitten – een diepgaande observatie die ik alleen maar kan bewonderen.

Het regiment, sinds de herfst in het dorp gestationeerd, heeft geweigerd zich te laten aflossen, en hun energie lijkt zo fris alsof ze net zijn aangekomen. Het comfort van de soldaten is verrassend. Ze hebben kleine tuinen met beelden aangelegd, een gymzaal voor recreatie en zelfs een theater met podium en kostuums. Dit, in tegenstelling tot de chaos buiten, spreekt van de veerkracht en het aanpassingsvermogen van deze mannen.

Onze eindbestemming is de eerstelijnsloopgraaf, en de ervaring is anders dan alles wat we eerder hebben gezien. De loopgraaf, hoewel schoongeveegd en goed onderhouden, vertoont weinig gelijkenis met de grimmige, met modder gevulde kanalen die we zijn gaan associëren met oorlogsvoering. In plaats daarvan lijkt het op een lange houten galerij. De zijkanten, het plafond en de vloer zijn allemaal van hout, en hoewel het vakmanschap rudimentair is, is het functioneel en verrassend netjes.

Er wordt ons verteld dat er geen ingenieurs bij de bouw betrokken zijn geweest, maar toch wordt het beschouwd als een van de meest ingenieuze posities aan het front. De geul is zwak verlicht, met kleine schietgaten die een smal, maar cruciaal uitzicht bieden op het gebied daarbuiten. De schietgaten zijn zo gerangschikt dat soldaten hun wapens er doorheen kunnen richten zonder zichzelf volledig bloot te stellen aan vijandelijk vuur. Op elk schietgat staat de naam van de soldaat die eraan is toegewezen, en tussen de gaten staan foto's en ansichtkaarten van dierbaren — een aangrijpende herinnering aan de levens die ze proberen te beschermen.

Terwijl we door de schietgaten turen, zien we in de verte de loopgraven van de vijand, van ons gescheiden door een strook verlaten land. De nabijheid van beide kanten is voelbaar. De loopgravenoorlog die dit conflict definieert, is een onontkoombare realiteit voor zowel de Fransen als de Duitsers. De spanning is verstikkend en het wordt duidelijk dat deze oorlog niet alleen een kwestie is van strategie en middelen, maar van overleven.

Als we de loopgraaf verlaten en terugkeren naar het verblijf van de commandant, worden we begroet met nog meer champagne. De viering is een welkome verademing na de verschrikkingen van het front, en de sfeer is er een van kameraadschap en respect. De commandant, met zijn onwrikbare vertrouwen en charme, zit de bijeenkomst voor. Zijn leiderschap wekt, net als dat van vele anderen in het Franse leger, bewondering en loyaliteit.

In een laatste lichtzinnig moment wordt ons het verhaal verteld van een luitenant die, midden in de strijd, aan de dorpspastoor vroeg of hij de mis mocht opdragen. Het antwoord van de priester was eenvoudig maar diepzinnig: 'Als je een priester bent, dan moet je kunnen." En dus vierde de luitenant, in zijn uniform en te midden van de verwoestingen, de mis voor zijn mannen.

Terwijl we ons klaarmaken om te vertrekken, echoot het geluid van artillerievuur in de verte. De spanning is weer voelbaar. We gaan snel naar de loopgraaf en buigen diep terwijl explosies de aarde om ons heen doen schudden. De agenten instrueren ons om tot vijf te tellen voordat we opstaan, een voorzorgsmaatregel tegen de granaatscherven die op de eerste explosie volgen. We bewegen ons voorzichtig, houden ons hoofd gebogen en onze zintuigen alert.

In deze oorlog verliezen tijd en ruimte alle betekenis. De frontlinies zijn een plaats van voortdurend gevaar, waar leven en dood slechts enkele centimeters van elkaar gescheiden zijn. Toch blijft er, te midden van het geweld en de vernietiging, een onmiskenbaar gevoel van doel bestaan, een overtuiging dat, ondanks alles, de overwinning nog steeds binnen handbereik is.

III. Ruïnes Lhet is

Wanneer u Reims binnenrijdt langs de weg van Epernay, lijkt het tafereel dat u begroet op het eerste gezicht typisch: het leven gaat verder zoals gewoonlijk. Er zijn niet langer de ooit noodzakelijke douanecontroles en de straten zijn gevuld met de drukte van het dagelijks leven. Vrouwen – sommige jong en opvallend – kijken onverschillig toe terwijl je auto voorbijrijdt. Kinderen rennen en schreeuwen in de warmte van de zon en genieten van hun zorgeloze spel. De kleine cafés en winkels houden hun deuren open en zijn bezig met dagelijkse transacties. De bakker is hard aan het werk, en de lokale bevolking van middelbare leeftijd zet hun rustige routine voort, diep in gedachten verzonken. Er zijn soldaten aanwezig, maar dat is niet ongebruikelijk; In bijna elke grote stad in heel Frankrijk zijn soldaten gestationeerd, zelfs in vredestijd. Kortom, het tafereel lijkt veel op een van de armere buitenstraten op weg naar het stadscentrum.

In minder dan twee minuten verandert echter alles. Een klein stukje rijden en je komt in een wijk waar het leven volledig verdwenen is. Dit gebied is niet alleen beschadigd, het is ook weggevaagd. De gebouwen, hoewel ze nog gedeeltelijk overeind staan, zijn onherstelbaar verwoest. Ze zullen van de grond af aan opnieuw opgebouwd moeten worden, te beginnen met de kelders. Dit gebied is een woestenij, onaangetast door leven, een bewijs van vernietiging. Grote huizen, kleine huizen en winkels hebben allemaal in gelijke mate geleden. De gevels mogen dan nog staan – sommige nog intact, terwijl andere wankel scheef staan – maar het interieur is niets anders dan een hoop puin. Op sommige plaatsen zijn hele vloeren verdwenen, waardoor alleen nog zichtbare muren overblijven. In andere hangen de vloeren onder vreemde hoeken, waardoor de zwaartekracht wordt getrotseerd. Wat ooit een huis of een bedrijfspand was, is nu veranderd in een onherkenbare ruïne. Tussen de puinhopen zijn fragmenten van intieme huishoudelijke artikelen te zien: een badkuip, een deel van een spiegel, een stuk tapijt, een pan. Er hangt zelfs nog een rouwkrans in de winkel, een bizar overblijfsel van het normale leven. Telefoon- en telegraafdraden hangen losjes, verward aan kapotte palen. De klok van de protestantse kerk staat stil op kwart voor zes.

De door de vijand afgevuurde granaten lijken grillig in hun vernietiging. Eén granaat maakt eenvoudigweg een gat in de binnenplaats dat groot genoeg is om een heel Duits leger te begraven, terwijl een andere, een krachtige granaat van 210 mm, door een binnenmuur slaat en de kelders eronder opent. Ongelooflijk genoeg schuilen daar tien mensen, en op miraculeuze wijze raakt niemand gewond. Ondertussen blijven oude uithangborden – zoals 'De Goede Hoop' en 'Het Succes van de Dag' – hangen, en hun boodschap is nu bijna spottend in het licht van de catastrofe.

De inwoners van deze wijk, en vele anderen in Reims, zijn verdwenen. Sommigen zijn omgekomen, terwijl anderen zijn gevlucht naar plaatsen als Epernay of Parijs. Ze lieten alles achter, maar in zekere zin lieten ze niets achter. De tragedie is zo groot, zo ondoorgrondelijk, dat het onmogelijk is de omvang ervan volledig te begrijpen. Toch schuilt er, temidden van alle verschrikkingen, een vreemde schoonheid in de ruïne; vreemd genoeg nemen de ruïnes, zelfs bij de vernietiging van de moderne architectuur, af en toe een bepaalde vorm van grootsheid aan. Het beeld van een bleek slaapkamerbehang dat contrasteert met het zwartgeblakerde metselwerk, met een deel van een huis dat als een grillige kolom uitsteekt te midden van de chaos, blijft in het geheugen hangen. Het dient als symbool voor de schade die de Duitse strijdkrachten hebben aangericht.

Deze vernietiging is niet toevallig; het is precies wat de Duitsers bedoelden toen ze Frankrijk binnenkwamen. De vernietiging van huizen, bedrijven en levens, de transformatie van vreugde in verdriet, was altijd het doel. Dit was het werk van militaire planners en leiders, die deze vernietiging met koude, wetenschappelijke bedoelingen bedachten. De wreedheid ervan is duidelijk, maar wat nog verwoestender is, is de pure nutteloosheid ervan. De zinloosheid overweldigt de geest. Deze vernietiging, die voortkomt uit politieke hebzucht, lijkt nog monsterlijker dan wanneer zij zou worden aangewakkerd door religieuze conflicten. Het is een weerzinwekkend anachronisme, een tragisch overblijfsel uit een vervlogen tijdperk dat in de moderne wereld niet op zijn plaats lijkt.

Vreemd genoeg komt in een nabijgelegen wijk – een wijk die nog niet volledig is uitgeroeid – een man thuis in een taxi, met zijn bagage op sleeptouw. Het dienstmeisje wacht bij de deur en herinnert ons er kort aan dat het leven, in sommige zakken, doorgaat. Een andere eigenaardigheid is dat een vastgoedeigenaar die vlak voor de oorlog was begonnen met de bouw van een huis, te midden van al deze chaos de bouw heeft hervat. En in de Esplanade Ceres blijft de fontein sereen stromen, ondanks de omringende verwoestingen, terwijl Duitse loopgraven slechts drie kilometer verderop liggen.

Het is voor iemand met gezond verstand onmogelijk om naar de geografie van deze verwoesting te kijken zonder te concluderen dat de Duitsers specifiek de kathedraal als doelwit hadden. Als je de straten volgt die het zwaarst getroffen zijn door de aanval, kun je duidelijk zien dat de Duitsers probeerden de kathedraal te raken met hun beschietingen. Het merendeel van de schade concentreert zich rond dit iconische bouwwerk.

Toch is het opmerkelijk dat de kathedraal blijft staan.

Hoewel het gebied eromheen met de grond gelijk is gemaakt en hotels en het paleis van de aartsbisschop in puin liggen, blijft de kathedraal ondanks de verwoestingen uitdagend. Het buitenste dak is verdwenen, een groot deel van het metselwerk is afgebrokkeld en veel van de beelden zijn vernield of vervormd tot groteske, gemartelde vormen. Maar qua kern en vorm blijft de kathedraal een bewijs van uithoudingsvermogen. De torens, hoewel getekend, staan sterk en waardig, hun plechtige aanwezigheid onwankelbaar. Ja, de schade is enorm – het ingewikkelde houtsnijwerk, de glazen ramen en de decoratieve interieurs zijn grotendeels verdwenen – maar de structurele integriteit van de kathedraal heeft de aanval van Duitse artillerie doorstaan. Het zal nooit meer hetzelfde zijn, maar het bestaat – nog steeds een baken van verzet ondanks de overweldigende overmacht.

De Duitsers lijken, misschien uit frustratie, de kathedraal als doelwit voor hun woede te gebruiken. Ze schieten er granaten op af, niet omdat het enige strategische waarde heeft, maar omdat het iets vertegenwoordigt dat ze verachten: een symbool van de Franse trots en beschaving. De Fransen probeerden het te beschermen door een deel van het glas te verwijderen, maar elke keer dat ze dat deden, kwamen er Duitse granaten. Het meedogenloze artilleriebombardement gaat door, waarbij binnen 24 uur 3.000 granaten op of nabij de kathedraal vallen, maar het bouwwerk blijft bestaan. De Duitse strijdkrachten gebruiken bij hun aanval granaatscherven in plaats van explosieve granaten, waarmee ze duidelijk maken dat ze de kathedraal willen kwellen, maar niet vernietigen. Het is een nutteloos gebaar, een vergeefse poging om iets onbreekbaars kapot te maken.

Toen ik voor het eerst bij de kathedraal aankwam, kreeg ik te horen dat er een paar dagen rust was geweest. Maar toen ik de volgende ochtend terugkeerde, waren er nog vijf granaten in de omgeving geland. Ik zag met eigen ogen de schade veroorzaakt door een granaat van 155 mm die ontplofte aan de voet van de oostelijke muur. Ik was er de avond ervoor geweest en toen was het gat er zeker niet. Ik inspecteerde het om 08.20 uur, slechts twee uur nadat het was gemaakt, en een krantenjongen bood me ernaast de ochtendkrant aan. Het wrak van de beschietingen was vers, maar de kathedraal bleef opmerkelijk genoeg overeind staan.

Later die dag lunchten we in een hotel in Reims, dat onlangs heropend was na een periode van sluiting. De hospita en haar familielid bedienden ons, beiden nog steeds in rouw. Ondanks de recente beschietingen was de sfeer in het hotel vreemd kalm. De vrouwen doorstonden de verwoesting met stoïcijnse onverschilligheid en bleven hun gasten professioneel bedienen, alsof er niets was gebeurd. Hun kalmte tegenover deze verwoestingen was inspirerend. Buiten scheen de zon en het leven leek – ook al veranderde het – door te gaan. Honden speelden op straat en kinderen dwaalden onder de bomen. Ook al was de stad gehavend, de veerkracht van de bevolking was duidelijk zichtbaar.

Tijdens de lunch voegden zich verschillende officieren bij ons: mannen die door de veldslagen van de Marne en de Aisne en door de loopgraven hadden gevochten. Ondanks hun angstaanjagende ervaringen was niemand gewond geraakt. Ze spraken met grote verfijning en kalmte over de verschrikkingen waarvan ze getuige waren geweest, maar ze spraken ook hun bewondering uit voor de moed en heldenmoed van de Franse soldaten en burgers. Eén officier deelde een verhaal over een soldaat die, toen hij tussen de vijandelijke linies betrapt werd, doorging met roepen: 'Vive la France!' ondanks herhaaldelijk te zijn neergeschoten. Zijn moed was onverzettelijk, ook al was zijn lichaam doorzeefd met kogels.

Na de maaltijd vervolgden we onze reis door het door oorlog verscheurde platteland, door steden en velden die door de oorlog waren getransformeerd. Alles om ons heen leek in dienst van het conflict te staan, zelfs de meest alledaagse activiteiten. En toch waren er te midden van de verwoesting momenten van vreemde schoonheid: een boomgaard die bloeide onder een felle zon, of een met bomen omzoomd pad dat ons vooruit leidde, naar het onbekende. Toen we Arras naderden, viel de aanwezigheid van de oorlog niet te ontkennen, maar toch ging het leven – op de een of andere manier – ondanks alles door.

Wanneer je uiteindelijk in Arras aankomt, is er geen twijfel mogelijk over de omvang van de verwoesting die de stad heeft getroffen. In tegenstelling tot Rheims, dat een vluchtige illusie van zijn vroegere zelf biedt, onthult Arras onmiddellijk zijn ware staat. De eerste straat die je tegenkomt is een tafereel van totale verlatenheid, leeg en onheilspellend. Vuile gordijnen hangen in gescheurde lakens en puilen uit door kapotte ramen. Overal waar je kijkt zijn de overblijfselen van granaatvuur zichtbaar. Over de wegen en trottoirs liggen stukjes en beetjes van gebouwen verspreid, afgewisseld met stukken gras die groeien op de plek waar ooit huizen stonden. Terwijl je door de stad loopt, bereik je een groot rond plein, dat ooit groots was maar nu in puin ligt. Elk gebouw eromheen verkeert in dezelfde erbarmelijke staat, en er hangt een griezelige stilte in de lucht. In de korte momenten tussen het donderende kanonvuur is het enige geluid dat de stilte verbreekt het geritsel van jaloezieën en gordijnen die tegen de lege raamkozijnen wapperen, of het zwakke, nutteloze gebonk van een losse luik. Er dwaalt geen enkele kat door de straten. We zijn volkomen alleen, slechts vergezeld door een kleine groep stafofficieren, onze onwillige gidsen door dit door oorlog verscheurde landschap. We kunnen het gevoel niet van ons afschudden dat we indringers zijn, die een plek ontheiligen die ooit vol leven was.

Tegenover ons heeft een granaat een huis ingeslagen, waardoor de hele voorkant is weggescheurd. Door het gapende gat zien we de salon op de begane grond en daarboven de slaapkamer. Het bed is netjes opgemaakt en het witte beddengoed is nog smetteloos, alsof het onaangetast is door de chaos buiten. Vreemd genoeg blijft alles griezelig stil. Het meubilair is, ondanks de helling van de vloer, nog niet in de straat beneden gevallen. De slaapkamer ziet eruit als een tentoonstelling in een museum, alsof het de slaapkamer van een beroemd persoon is die aan toeristen wordt tentoongesteld: onaangeroerd, bewaard gebleven en toch zo ver verwijderd van zijn oorspronkelijke functie. Buiten zijn een paar stoelen uit het huis geslagen en liggen ondersteboven op straat, tussen het puin, ongestoord achtergelaten. In alle richtingen vertakken de straten zich, maar ze zijn stil en overspoeld met gras en ruïnes.

"Zie het fort dat ik hier heb!" zegt de commandant met bittere ironie. 'Let op het strategische belang ervan. Het is aan alle kanten open. Je kunt er zo naar binnen lopen, alsof het een windmolen is. En toch bombarderen ze het. Gisteren vuurden ze een uur lang elke minuut twintig granaten af op de stad. Volkomen zinloze vernietiging . Maar zo zijn ze!"

We trekken verder de stad in en de taferelen worden nog vreemder. Eén huis is gereduceerd tot niets anders dan een dak, dat nu een soort triomfboog vormt. Overal staan potplanten, die nog steeds bloeien, tegen de muren of hangen aan raamkozijnen. De straten zijn bedekt met een fijne laag poederglas. Telefoon- en telegraafdraden hangen in dikke, verwarde strengen, die doen denken aan verlaten spinnenwebben, en blokkeren vaak je pad en dwingen je ze te ontwijken. De geluiden van dingen die verschuiven of vallen in de verwoeste gebouwen zijn constant, waardoor een griezelige sfeer ontstaat. Dan doorbreekt plotseling een geluid de stilte: de kreet van een baby. Het is een grimmige herinnering dat de stad, ondanks de verwoestingen, niet geheel verlaten is. Een vrouw komt uit haar huis en doet de deur zorgvuldig achter zich op slot. Beveiligt ze het tegen de dreiging van granaten of om dieven buiten te houden? Terwijl we lopen, zien we pijpen uit het trottoir komen die blauwe rook uitstoten. Deze pijpen zijn het uiterlijke teken dat de weinige overgebleven bewoners hun kelders hebben omgebouwd tot geïmproviseerde woonruimtes – salons en slaapkamers die een zekere schijn van veiligheid bieden.

We dalen af in zo'n ondergronds toevluchtsoord. De salon op de begane grond, met zijn mooie meubels, is verwoest door een granaat, waarin rijk houtsnijwerk is vermengd met stukken verbrijzelde muren en gordijnen onder een laag stof. Maar de ondergrondse vertrekken, met hun stevige gebogen dak en solide uitstraling, zijn overzichtelijk, netjes en verrassend gezellig en bieden een vleugje comfort te midden van de chaos. De ingang wordt zorgvuldig beschermd en beschermt de inwoners tegen verder bombardement.

'Toch', zegt de huiseigenaar schouderophalend, 'zou een granaat van 210 mm door alles heen gaan. Dat zou het einde van ons zijn.' Hij steekt berustend zijn handen op, waarbij zijn fatalisme bijna overeenkomt met dat van de stad zelf: een plek met een lange geschiedenis van lijden. Arras is talloze keren belegerd en verwoest. De oorspronkelijke Vandalen vielen het herhaaldelijk aan, gevolgd door de Franken, de Noormannen in de negende eeuw en diverse andere indringers. In de vijftiende eeuw belegerde Karel VI het zeven weken lang zonder succes, en onder Lodewijk XI werd het op brute wijze mishandeld. Uiteindelijk viel het onder Spaanse heerschappij, maar werd het in 1640 na een nieuwe belegering door Frankrijk herwonnen. Sindsdien heeft de stad relatief rustige periodes gekend, afgezien van de Revolutie en uiteraard de huidige verwoestingen. Degenen die hier zijn gebleven, lijken een opmerkelijk vermogen te hebben geërfd om lijden te verdragen.

In de straat waar we voor het eerst de kachelpijpen uit het trottoir zagen stijgen, verschijnt een postbode, gekleed in het standaard Franse postuniform, met het bekende zwarte portemonneedoosje om zijn middel en een pen achter zijn oor. Hij gaat van huis tot huis en bezorgt brieven op een manier die in elke andere stad gewoon lijkt – behalve hier schuift hij de brieven gewoon door de lege raamkozijnen, zonder te kloppen. Het is een opvallend beeld, zowel alledaags als surrealistisch, een bewijs van de volharding van het leven te midden van een ruïne.

We vervolgen onze reis en komen aan bij de kathedraal van St. Vaast, een imposant bouwwerk in de stad dat zelfs in zijn verwoeste staat opvalt. Hoewel niet erg geprezen door architectuurcritici, maakt de massieve, eenvoudige barokke stijl van de kathedraal van Arras het een perfecte kandidaat om de dupe te worden van bombardementen. De uitgestrekte, vlakke oppervlakken hebben talloze klappen opgevangen, maar de kracht van het gebouw is gebleven. De littekens van de beschietingen zijn duidelijk zichtbaar, maar doen niets af aan de grandeur van de kathedraal. Ze dragen in ieder geval bij aan de sombere schoonheid ervan, waardoor het een symbool wordt van religieuze toewijding te midden van vernietiging. Duitse commandanten die deze plek hebben gebombardeerd, hebben alleen maar bijgedragen aan de tragische pracht van de kathedraal. Ondanks de verwoestingen is de aanwezigheid van de kathedraal zowel majestueus als angstaanjagend, veel opvallender dan de beroemde kathedraal van Reims.

In het noordelijke transept heeft een granaat van 325 mm een gapend gat gecreëerd dat groot genoeg is om een gigantisch wezen door te laten. Maar zelfs te midden van dit wrak is er een ongelofelijke combinatie: vlakbij blijft een café vrijwel onaangeroerd. De glazen, mokken en stoelen staan daar nog steeds, onder het stof, precies zoals ze waren achtergelaten. Je zou gemakkelijk door een raam kunnen reiken om een glas te pakken, maar toch is het tafereel absurd stil, alsof de stad in de tijd bevroren was. Vlakbij pronkt een oud huis met zijn zichtbare dakspanten, terwijl een balk uit het plafond is gevallen, die nu in de open lucht brandt en door de vlammen wordt verteerd.

Ondanks de verwoestingen gaat het leven door. Verderop komen we een groentewinkel tegen, die nog steeds open is en in bedrijf is, en die een vreemde schijn van normaliteit biedt in een verder verwoeste wereld. Terwijl we rond de kathedraal lopen en het stadhuis bereiken, komen we nog meer ruïnes tegen. Het stadhuis, gebouwd in de zestiende eeuw en zorgvuldig gerestaureerd in de negentiende eeuw, ligt nu in puin. Daarachter dient een verlaten auto, overspoeld met roest, als een droevig symbool van de omringende verlatenheid. Het voertuig, onaangetast door de tijd, staat stil te midden van de aanhoudende oorlog, een aangrijpende herinnering aan het stille lijden van de stad.

Rechts van het stadhuis komen we een vreemd schouwspel tegen: rijen hopen stenen, stenen en puin. Deze heuvels lijken niet op huizen, of zelfs maar op iets herkenbaar menselijks. Het zijn gewoon stapels puin die de overblijfselen markeren van wat ooit de belangrijkste straat van de stad was. De straat, vol leven en commercie, is verdwenen, het karakter ervan is uitgewist door meedogenloze bombardementen. Het kan uiteindelijk herbouwd worden, maar het zal nooit meer hetzelfde zijn.

Nieuwsgierig vraag ik: "Hoe heet deze straat?"

Geen van de agenten in de groep kon zich de naam van de belangrijkste zakenstraat in Arras herinneren, en er was geen enkele inwoner te bekennen die ernaar kon vragen. Het was alsof de naam van de straat zelf was verdwenen, alsof hij uit het geheugen was gewist, net als de gebouwen die daar ooit hadden gestaan. Ondanks dat er naar werd gezocht in reisgidsen, encyclopedieën en kaarten, bleef het ongrijpbaar – verloren voor de geschiedenis, ergens diep in de tijd verborgen.

De verwoesting van de straat was niet zijn eigen ongeluk; het bevond zich eenvoudigweg in het pad van de Duitse artillerie gericht op het stadhuis. De verwoestingen die het te verduren kreeg waren een bijproduct van een militaire focus die niets te maken had met de straat zelf, maar eerder met het stadhuis, dat het voornaamste doelwit werd. De Duitsers hadden geen militair belang bij het stadhuis; het had geen strategische waarde. Het was echter het grootste bouwwerk in Arras, geliefd bij de lokale bevolking en onvervangbaar in zijn charme. Dit maakte het tot een symbolisch doelwit. Het voelde alsof de Duitsers, in plaats van rechtstreeks op het stadhuis te mikken, het indirect aanvielen door alles eromheen te schaden, alsof ze het kind van een soldaat gijzelden en dreigden het te verminken tenzij de soldaat zich overgaf. Of deze actie nu het resultaat was van militaire logica of pure waanzin, het was een doelbewuste aanval op iets dat zoveel voor de mensen betekende.

Toen we de voorkant van het stadhuis bereikten, konden we goed zien hoezeer de Duitsers hun inspanningen daarop hadden geconcentreerd. Het stadhuis lag aan de rand van een uitgestrekt en indrukwekkend plein met arcades. De uniforme architectuur stamt onmiskenbaar uit de tijd van de Spaanse bezetting. Toen we naar dit plein keken, en naar zijn bijna identieke tweelingbroer op korte afstand, werd het duidelijk dat Arras ooit een nobele stad was, vol grandeur. Opmerkelijk genoeg was het plein zelf nauwelijks getroffen door de beschietingen. Er werden geen granaten verspild op het plein, want de Duitsers hadden al hun vuur op het stadhuis geconcentreerd en ervoor gezorgd dat het waardevollere bouwwerk in puin bleef.

Vanaf de andere kant van het plein ging ik onder de arcade staan om mezelf tegen de regen te beschermen en schetste een ruwe schets van het verwoeste stadhuis. Toen ik mijn schets vergeleek met een oude gravure van hetzelfde tafereel, werd de vernietiging nog duidelijker. De colonnade op de begane grond had nog enkele bogen overeind, waarvan de contouren intact waren, maar het bovenste deel van de gevel was tot puin gereduceerd, waarbij slechts een fragment van een muur overbleef, waardoor twee raamgaten zichtbaar werden. Het hele dak was verdwenen en de latere aanbouw aan de linkerkant van het gebouw was volledig weggevaagd. Het eerdere, gebeeldhouwde metselwerk rechts van het stadhuis stond nog steeds overeind, maar was ernstig beschadigd. Het eens zo trotse belfort, dat met bijna 80 meter het hoogste van Frankrijk was geweest, was verdwenen. Wat overbleef was een grillige boomstronk, als de gebroken tand van een reus, die hardnekkig een paar meter hoger reikte dan de oorspronkelijke daklijn. Rond de ruïnes creëerden stapels afval en puin een grimmig tafereel.

Vergeet niet dat Arras in Frankrijk ligt en niet in Duitsland. Dit feit is veelbetekenend omdat Duitsland destijds zogenaamd een defensieve oorlog voerde, zijn grenzen beschermde en vasthield aan wat het beschouwde als de hoogste idealen van de beschaving. Toch waren we hier, in Arras, een Franse stad, die een niveau van verwoesting had geleden dat ongeëvenaard was in Duitsland. De Duitsers waren door België naar Frankrijk getrokken, niet om te veroveren, maar om zichzelf te 'verdedigen'. En daarmee vernietigden ze de schoonheid van Arras en veranderden het in een onherkenbare woestenij, allemaal in naam van het behoud van hun eigen beschaving. Het is moeilijk te begrijpen hoe de Duitsers dergelijke acties konden rechtvaardigen als ze hun huizen echt zouden verdedigen. Wat zou er gebeurd zijn, vraag je je af, als ze een oorlog van verovering en vernietiging hadden gevoerd? Zouden ze verder zijn gegaan?

Ik ben geen voorstander van wraak of vergelding, maar het is moeilijk om de harde realiteit te negeren. Duitsland moet de volledige omvang begrijpen van de vernietiging die het heeft veroorzaakt. De beste manier voor hen om dit te begrijpen zou zijn als, aan het einde van de oorlog, een van hun eigen steden – bijvoorbeeld Keulen – in een soortgelijke staat zou achterblijven als die van Arras. Dit zou misschien hard zijn voor Keulen, maar het zou niet ernstiger zijn dan wat Arras had doorstaan. Bovendien wordt algemeen aangenomen dat de ontberingen van oorlog het beste in het karakter van een land naar boven halen. Als dit waar is, dan is oorlog, met al zijn lijden, op de een of andere manier een noodzakelijk kwaad. Maar nu ik de verwoestingen in Arras heb gezien, kan ik niet ontkennen dat ik zonder aarzeling een jaarinkomen zou willen ruilen om Keulen tot dezelfde staat te zien herleiden. Dit verlangen, hoewel misschien niet te rechtvaardigen, komt voort uit het met eigen ogen zien van de totale vernietiging van een plek die ooit gevuld was met leven en schoonheid.

Terwijl we onze reis door de stad voortzetten, passeerden we straat na straat waar geen enkel gebouw intact of bewoond bleef. Op het eerste gezicht leken deze straten stil, alsof de bewoners binnen zaten te wachten tot de onrust voorbij was. Maar er was niemand binnen. Er was helemaal niemand. De hele buurt was verlaten, een spookstad. De eenzaamheid was benauwend en verontrustend. Elk raam was verbrijzeld, elke muur was afgebroken en hele delen van sommige gebouwen waren volledig weggeslagen. Eén gebouw onthulde zijn zes kamers, elk blootgesteld aan de elementen, waarbij het ooit fijne behang nu afbrokkelde. De eigenaar van deze plek had een duidelijke voorliefde voor antracietkachels, want in elk van de zes open haarden stond er één, allemaal wonderbaarlijk onbeschadigd. Het postkantoor was verwoest en tot een hoop puin gereduceerd.

Vervolgens kwamen we bij het treinstation, gebouwd door de Compagnie du Nord in 1898, een relatief modern bouwwerk. De façade was indrukwekkend, maar nu was hij pokdalig door granaatgaten in alle soorten en maten. Een granaat had ternauwernood de sierlijke gevel van het station gemist, waardoor een deel van de versieringen was afgeschraapt. Elke ruit was verbrijzeld en het ijzerwerk was bedekt met een dikke laag roest. De borden op het station, die normaal gesproken de passagiers zouden begeleiden, stonden griezelig stil. Je kon dwars door het station kijken alsof het een leeg skelet was. De stilte binnenin, alleen onderbroken door het verre geluid van artillerie, was onnatuurlijk en huiveringwekkend. Op de perrons waren de glazen schuilplaatsen voor passagiers in kleine fragmenten verbrijzeld, het ijzerwerk was nu bedekt met roest. De signaalposten stonden er verlaten en verlaten bij; hun doel werd door de wrakstukken betekenisloos. Zelfs de spoorlijnen zelf werden ingehaald door woeste vegetatie, een jungle die over de rails kroop. Dit, zo werd ons verteld, was het resultaat van de Duitse defensieve oorlog – een oorlog die werd uitgevochten om het thuisland en zijn veronderstelde idealen te beschermen. De realiteit was echter een stad die was getransformeerd in een griezelige ruïne, een bewijs van de verwoestende kosten van oorlog. Dit tafereel speelde zich af op 7 juli 1915, een dag die in het geheugen gegrift zal blijven van iedereen die er getuige van was.

IV Bij het grijpen

Eerder heb ik de ogenschijnlijk vage en nonchalante aard van oorlog genoemd, wanneer deze op een schaal wordt gevoerd die zo groot is dat hij bijna ondoorgrondelijk wordt. Als je met een stafofficier bent, kun je bijna alles uit de eerste hand observeren. Hoewel ik er zeker van ben dat er bepaalde zaken voor u verborgen worden gehouden, krijgt u over het algemeen toegang tot bijna alles wat zichtbaar is. Natuurlijk is het niet mogelijk om in de geest van de generaal te kijken, die de sleutel in zich draagt tot de strategieën die de loop van de geschiedenis zullen bepalen. De generaal kan uitvoerig praten over het verleden of het heden en daarbij inzichtelijke reflecties bieden. Maar als het om de toekomst gaat, houdt hij de lippen op elkaar. Als hij zich dichtbij het midden van het front bevindt, kan hij u op zijn rustige manier vertellen dat er een aanzienlijke beweging op de vleugels kan worden verwacht. Omgekeerd, als hij op een van de vleugels is gestationeerd, zal hij u, net zo flauw, verzekeren dat zich binnenkort een grote beweging in het centrum kan ontvouwen. U voelt zich niet teleurgesteld door zulke antwoorden, want u weet dat de vragen die u stelt juist zulke antwoorden verdienen. Toch is er desondanks een onmiskenbaar gevoel van teleurstelling als je zelfs het huidige moment niet kunt bevatten: de overweldigende gebeurtenissen die zich om je heen ontvouwen, in je oren bonken en je zicht vertroebelen.

Neem bijvoorbeeld het geluid van geweren. Ik heb het niet over het aanhoudende, bijna voortdurende gerommel van geweervuur dat vanuit alle richtingen lijkt te echoën, maar eerder over het specifieke geluid van een specifiek groepje kanonnen. Ik informeer ernaar, en soms aarzelen zelfs de stafofficieren voordat ze beslissen of ze tot de vijand of tot de Franse strijdkrachten behoren. Over het algemeen kan een burger een vijandelijk schot onderscheiden door het angstaanjagende, zoevende geluid van het projectiel dat op hem af stormt. Aan de andere kant valt een Franse granaat, die van hem wegsnelt, stil voordat het geluid van de explosie zelfs maar zijn oren heeft bereikt. Het zou kunnen dat ik gevangen zit tussen een groep Duitse kanonnen en een groep Franse kanonnen, op bijna gelijke afstand van beide.

Zodra ik ben geïnformeerd over het type wapens en hun kaliber, en misschien zelfs over de ruwe locatie van deze wapens op de Stafkaart, besef ik dat deze kennis mij geen stap dichter bij het begrijpen van de volledige omvang van de situatie brengt. Het kost misschien een halve dag om deze wapens daadwerkelijk te lokaliseren, en zelfs als ik ze vind, ontdek ik niets meer dan een paar machinerietjes, weggestopt in een geïmproviseerde schuilplaats, die geïsoleerd opereert met de hulp van een paar met zweet doordrenkte mannen. . Het proces staat ver af van het beeld van oorlogvoering dat je zou verwachten. Een slank projectiel wordt in het kanon geladen, gevolgd door een oorverdovende explosie, en het projectiel verdwijnt zonder een spoor achter te laten. Niemand in het asiel lijkt zich zorgen te maken over waar het heen ging of wat het deed. Er staat een telefoon vlakbij, maar het enige dat daaruit voortkomt zijn cijfers, technisch jargon en af en toe een berisping, waardoor de zwetende mannen kleine aanpassingen aan het wapen of de volgende munitie moeten maken.

Ik heb geen begrip van het doelwit, en de mannen die de wapens bedienen ook niet. Ik ben vrij om op zoek te gaan naar het doel. Er wordt mij op gewezen. Misschien is het een gebouw of een groep bouwwerken, of kan het iets heel anders zijn. In het beste geval is het niets meer dan een verre stip in het uitgestrekte, gecompliceerde terrein. Vanuit mijn uitkijkpunt zie ik een zwak rookwolkje, zo delicaat en onschadelijk als een veertje dat door de lucht zweeft. Op dat moment vraag ik me af: kan iemand werkelijk verwachten dat deze mannen, die hun luidruchtige apparaat in een afgesloten hut ver achter de linies bedienen, nauwkeurig op dat kleine, verre rode merkteken op het verre bouwwerk kunnen richten? En zelfs als ze er door een wonder in slagen het te treffen, welke betekenis heeft dat specifieke doelwit dan in het grote geheel van het conflict? Welke impact zou de vernietiging ervan kunnen hebben op het bredere verloop van de oorlog? Dit is waar oorlog op onverklaarbare wijze vaag en onsamenhangend aanvoelt, omdat zelfs een klein fragment ervan het begrip te boven gaat, en de afzonderlijke delen van dat fragment er niet in slagen om in een samenhangend geheel te passen. Ik herinner me dat ik in een loopgraaf aan de frontlinie stond, luisterde naar het woedende geweervuur overal om me heen, en toch niets zag en niets begreep van de strijd die zich in de verte afspeelde.

Hetzelfde gevoel van ontkoppeling geldt voor de bewegingen van troepen. Ik sliep bijvoorbeeld eens in een stad achter de frontlinie toen ik abrupt werd gewekt, niet door het gebruikelijke gebrul van een vliegtuig boven ons, maar door een intens schudden en gerommel van het hotel zelf. Deze beving hield lange tijd aan, van net na zonsopgang tot ongeveer zes uur, om kort daarna weer te beginnen. Ik stond op uit mijn bed en waagde me naar buiten, maar merkte dat de hele stad trilde en trilde. Er kwam een regiment langs, reizend in bussen. In elke bus zaten ongeveer dertig soldaten, en de bussen volgden elkaar met tussenpozen van niet meer dan dertig meter. De bussen, geschilderd in een dofgrijs dat op slagschepen leek, waren vrijwel identiek, afgezien van het feit dat sommige een permanent dak hadden, terwijl andere slechts een tijdelijk dak hadden. Sommige hadden mica-ramen, terwijl andere open gaten in de zijkanten hadden. In alle bussen zat hetzelfde aantal soldaten, en in elke bus waren de geweren op precies dezelfde manier gestapeld. Toen één bus tot stilstand kwam, deden alle anderen hetzelfde. De soldaten zwaaiden en glimlachten naar de jonge vrouwen die voor de ramen of op straat stonden. De hele stad ontwaakte. Hoe vroeg je in zulke steden ook opstaat, voor alle anderen is de dag al begonnen.

De soldaten, gekleed in hun lichtblauwe uniformen, zagen er jong, energiek en enigszins versleten uit van hun reizen. Hun gezichten, hun snorren, hun haar en zelfs hun oren waren bedekt met een dikke laag stof. Het was duidelijk dat ze al uren onderweg waren. De bussen kwamen steeds uit de stoffige nevel aan de andere kant van de stad tevoorschijn en verdwenen om de hoek bij het stadhuis. Af en toe kwam er een officiersauto of een voertuig met daarin een paar verpleegsters voorbij, waardoor de stoet even werd onderbroken, maar al snel reden de bussen de een na de ander verder. De indruk die achterbleef was dat het hele Franse leger door de stad marcheerde. Het geluid, de trillingen, het geratel — alles leek in mijn zenuwen te weergalmen. Eindelijk passeerden twee takelwagens en de stoet leek tot stilstand te komen. Ik kon niet helemaal geloven dat het echt voorbij was, maar de stilte die volgde was bijna overweldigend.

Waar ik getuige van was geweest, waren slechts twee regimenten die door de stad trokken — van de honderden waaruit het Franse leger bestond. Twee regimenten! Toch kon niemand mij vertellen waar ze vandaan kwamen, wat hun missie was geweest, waar ze heen gingen, of wat hun specifieke rol was in het bredere strijdplan. Ze bewogen zich doelloos voort, net als een zwerm vogels die door een uitgestrekt landschap zweeft.

Maar tussen de verschillende bewegingen waren er meer aangrijpende scènes. Een van de meest opvallende en ontroerende bezienswaardigheden die ik aan het front tegenkwam, was de mars van een regiment naar een klein plattelandsstadje op een heldere, mooie zomerochtend. Eerst kwam de regimentskapel, de koperblazers bezoedeld en gehavend, terwijl de muzikanten vreemde pakjes aan hun rugzak vastgebonden droegen. Dit waren niet alleen muzikanten, maar ook soldaten, gekleed in versleten en vuile uniformen. Ondanks hun duidelijke vermoeidheid marcheerden ze met een zekere waardigheid en speelden ze een levendig deuntje. Achter hen volgden fietsers, die gelijke tred hielden met de marcherende troepen. Toen kwam een officier te paard, gevolgd door het grootste deel van het regiment. Bij veel geweren was de kolf in rafelige stof gewikkeld. Elke soldaat droeg alles wat hij had weten mee te nemen naar de campagne, inclusief een veldkijker. De mannen werden belast met een assortiment kapotte, gescheurde en opgelapt spullen. Hun uitputting was duidelijk zichtbaar bij elke stap, hun gezichten bleek en afgetrokken. Onder hen bevond zich een jonge officier die nauwelijks leek te kunnen lopen, alsof elke stap alles uit hem wegnam. Hij bewoog zich alsof hij in trance was; zijn bewegingen waren langzaam en moeizaam, misschien door pure uitputting. Af en toe werd een driehoekige vlag gehesen om de posities van verschillende bedrijven in de loopgraven aan te geven. Het regiment was uit de loopgraven gekomen, maar welke, kon niemand zeggen.

Wat volgde was een processie van logistieke steun: Rode Kruis-eenheden, paarden, veldkeukens, karren, machinegeweren en munitie. Er steeg stoom uit de kookapparatuur terwijl de maaltijden werden bereid. Zelfs midden in de oorlog leek het regiment zelfvoorzienend en beheerde het zijn eigen voedsel, medische voorraden en munitie zonder ophef of ceremonieel. De mars was geen groots overzicht, maar het rustige, vastberaden ritme van een strijdmacht die de ontberingen van de oorlog doorstond.

Toen het regiment voorbijkwam, kon ik niet anders dan een gevoel van diepe empathie voor die soldaten voelen. Ik wenste dat die jonge officier een rustplaats zou vinden, een fatsoenlijk bed waar hij kon bijkomen van zijn vermoeidheid. Het was een scène vol pathos, maar toch gehuld in mysterie. Wat was de rol van dit specifieke regiment in de grotere strategie van generaal Joffre?

Ondanks dit alles begint men na enige tijd aan het front te begrijpen dat, hoewel het verloop van de oorlog misschien mysterieus lijkt, deze noch vaag, noch terloops is. Ik herinner me dat ik een onlangs bevrijd dorp bezocht, dat nog steeds de sporen draagt van zijn recente verovering. De soldaten die ik tegenkwam waren vol energie, maar er was een onmiskenbaar gevoel van alertheid in hun houding. Ze waren voortdurend op hun hoede en waren zich terdege bewust van de gevaren die hen omringden. Toen we het dorp verkenden, werd het duidelijk dat alles minutieus georganiseerd was: loopgraven, bolwerken, machinegeweren, prikkeldraad – allemaal ontworpen om vijandelijke aanvallen te weerstaan. De commandant, zichtbaar bezorgd, zorgde ervoor dat we veilig uit het zicht waren van potentiële Duitse sluipschutters, wetende dat elk gebrek aan waakzaamheid catastrofale gevolgen zou kunnen hebben.

Er was een pad door een hele rij huisjes uitgehouwen, zodat we erlangs konden lopen. Het voelde alsof ik door een steeg liep met stille, waakzame figuren. Toen waarschuwde een gedempte stem ons om niet te praten, omdat de Duitsers het misschien zouden afluisteren. We gingen voorzichtig te werk, tuurden in diepe mijnen, kropen door nauwe doorgangen en verdwenen in lange ondergrondse tunnels. We kwamen uit in een ruimte waar soldaten stonden, vrolijk aten terwijl ze met elkaar praatten. Vlakbij oefende een groep mannen met onschadelijke handgranaten, waarbij de explosies weergalmden in de lucht.

Ik volgde de commandant toen we een hoek omsloegen en merkten dat we naar iets staarden, hoewel ik me niet meer herinner wat het was. 'Blijf hier niet,' zei hij en gebaarde dat ik verder moest lopen. Bijna zodra ik wegstapte, raakte een kogel de muur waar ik een paar seconden eerder had gestaan. Het was een grimmige herinnering aan het voortdurende gevaar dat om elke hoek op de loer lag.

De sfeer aan het front was geladen met spanning. Er was een overweldigend gevoel dat iedereen in een voortdurende strijd verwikkeld was, waarbij ze als worstelaars tegen elkaar aan duwden, waarbij elke centimeter van de grond fel werd bevochten. 'Casual' zou het laatste woord zijn dat je zou gebruiken om alles wat hier gebeurt te beschrijven.

Bij een andere gelegenheid gaf een van de stafkapiteins, na een lange wandeling, opdracht aan een auto om ons aan het einde van een weg te ontmoeten. Een deel van deze weg werd van kilometers afstand blootgesteld aan Duitse artillerie. Zodra de auto was verschenen, hoorden we het onmiskenbare, sinistere geluid van een binnenkomende granaat. Het sneed door de lucht en voordat het zinderende geluid zelfs maar verdween, echode de explosie door het landschap. De granaat, een explosief van 77 mm, landde met een donderend gebrul.

De Duitsers waren methodisch in hun beschietingen. Het volgende half uur beukten ze minutieus over hetzelfde stuk weg, waarbij ze met tussenpozen van twee minuten granaat na granaat loslieten. Elke granaat viel op regelmatige afstanden, elke honderd meter langs de helling. Vanuit een nabijgelegen dug-out observeerde ik het bombardement. Het was een huiveringwekkende demonstratie van de precisie van de Duitsers, maar vanuit mijn perspectief leek het ook een dwaze verspilling van munitie. De weg was duidelijk leeg en toch bleven ze schieten.

Wij hebben uiteraard besloten om die weg niet te gebruiken. In plaats daarvan hebben we een omweg gemaakt door een bosrijke omgeving om de auto op een veiligere plek te ontmoeten. De weg was echter onvermijdelijk, omdat dit de enige beschikbare route was. De commandant, altijd een professional, was niet onder de indruk van de gevaren. 'De auto moet de weg op,' verklaarde hij onverschrokken. "Laat het gaan."

Het feit dat de auto werd gebruikt voor civiel gemak en niet voor militaire operaties, baarde hem geen zorgen. Het was nog steeds een militair voertuig, bestuurd door een soldaat, en het had een klus te klaren. Zijn woorden waren bijna speels toen hij zich tot de chauffeur wendde: 'Je kunt net zo goed meteen gaan. We zullen je zien lijden!' Een ondergeschikte officier grinnikte om de situatie, hoewel ik kon zien dat hij zich zorgen maakte.

Ondanks onze bedenkingen ging de auto vooruit. De beschietingen stopten uiteindelijk en de chauffeur kwam er ongedeerd doorheen en meldde later dat er zich vijf grote kraters in de weg hadden gevormd.

Een andere keer bevonden we ons in de loopgraven en baanden we ons een weg door een labyrint van smalle, kronkelende communicatieloopgraven op een steile helling. Een onzorgvuldig moment – een korte blootstelling boven de borstwering van de loopgraaf – resulteerde in een onmiddellijk bombardement van zeer explosieve granaten. Op dat moment leek de uitputting van onze tocht, samen met een knagende honger, te verdwijnen. Het geluid van granaten die boven mijn hoofd fluiten, trok mijn aandacht en plotseling verdween alle vermoeidheid naar de achtergrond.

De granaten bleven in onze omgeving vallen en kwamen steeds dichterbij. We splitsten ons op in paren en renden, waarbij we een afstand tussen ons hielden, volgens de instructies. Na elke explosie pauzeerden we vijf seconden, totdat alle fragmenten van de granaat waren neergedaald. Het duurde niet lang voordat een granaat recht voor me leek te vallen, waardoor de grond hevig trilde. Ik voelde de prikkel van de dampen van de explosie, maar die was niet rechtstreeks op mij terechtgekomen; hij was net links van mij gevallen.

Loopgraven, besefte ik, waren wonderen van overleven. Ik voelde de schokgolf van de ontploffing, maar de loopgraaf had mij beschermd. Even later pakte een vriend een granaatscherf uit de granaat: een puntige, veelzijdige bal die ontworpen was om maximale schade aan te richten. Het was een ontnuchterende herinnering dat, zelfs in het licht van een dergelijke chaos, oorlog noch toevallig, noch toevallig was.

Een van de plaatsen waar de meedogenloze, onverzettelijke aard van oorlog voor mij het duidelijkst tot uiting kwam, was de Notre Dame de Lorette. Het kapelletje dat daar stond, nu een iconisch symbool van de oorlog, was verre van mooi, althans volgens de foto's. Maar de grond eromheen was een andere zaak. Het land achter de frontlinies was zorgvuldig georganiseerd, met verdedigingslagen zowel boven als onder de grond, ontworpen om het geweld van de oorlog te weerstaan. Hoewel de indeling van het gebied onuitgesproken blijft, kan ik u vertellen dat daarin alle soorten voorzorgsmaatregelen zijn opgenomen, van voorraden die veilig ondergronds zijn opgeslagen tot verschillende soorten verdedigingsstrategieën.

Ik herinner me dat ik stapels lampschoorstenen zag die in de aarde waren begraven, onaangetast door de tijd. Het tafereel was angstaanjagend compleet, een belichaming van de grondigheid waarmee oorlog werd voorbereid. Onder hen kwamen we gevangenen tegen: twee jonge Duitse soldaten die onder bewaking stonden in een kleine hut. Ze waren te ver in het doolhof van loopgraven afgedwaald en waren de weg kwijtgeraakt. Eén van hen was een Rode Kruis-man, waarschijnlijk vóór de oorlog een geneeskundestudent. Hij was stoffig, moe en leek het gewicht te dragen van een missie waarin hij niet langer geloofde. Ik merkte dat ik sympathie voor hem had. Zijn gezicht, hoewel vermoeid en grimmig, vertoonde nog steeds een spoor van jeugdige kracht.

Al snel kwamen we een andere gevangene tegen, een jongen van niet ouder dan eenentwintig. Hij was ziek, onder het vuil, zijn uniform aan flarden, besmeurd met bloed en kogelgaten. Iemand had hem een stuk brood gegeven, dat in zijn tuniek was gestopt. Hij zag eruit als een schaduw van zijn vroegere zelf, met holle ogen en uitgeput. De verantwoordelijke officier ondervroeg hem, maar de jongen had weinig te zeggen. Zijn geest leek gebroken, maar er was een onmiskenbare opluchting in zijn gedrag, alsof hij eindelijk vrij was van de verschrikkingen van de oorlog. Ik vroeg me af wat de vrouw was die hem had weggestuurd om te vechten – misschien zijn moeder. Haar liefdesverdriet was onvoorstelbaar, en toch zou haar in de context van de oorlog te horen zijn gekregen dat haar zoon voor een nobele zaak was gestorven.

Later, toen we verder gingen met de gevangenen en hun grimmige verhalen, kwamen we iets strategischers tegen: een kaart. Deze kaart was enorm, verspreid midden op een open plek in het bos. Met behulp van krijtjes in verschillende kleuren werd de voortgang van de frontlinies aangegeven, waarbij geel de opmars tot mei aangaf, blauw verdere winst in juni markeerde en rood de laatste aantastingen van de nacht ervoor aanduidde.

De officieren keken trots naar de kaart en wezen belangrijke posities aan. Hun stemmen, vol vastberadenheid, spraken over waar de volgende veldslagen zouden plaatsvinden. De kaart was een bewijs van de meedogenloze druk die op de Duitsers werd uitgeoefend. Hoewel ze de militaire bekwaamheid van de vijand respecteerden, hadden de officieren hier een bijzondere minachting voor bepaalde Duitse divisies, met name de Pruisen, die zij als minder veerkrachtig beschouwden dan de Beieren.

Achter het bos was het landschap een woestenij. De grond was meedogenloos gebombardeerd, waarbij niets anders was achtergebleven dan kraters en verwrongen metaal. Er waren geen bomen, geen vegetatie – alleen maar verlatenheid. De communicatieloopgraven die we volgden, voerden ons door dit dorre land, waar geen enkel grassprietje kon groeien. De eindeloze beschietingen hadden de aarde gesteriliseerd.

Terwijl we onze reis voortzetten, ontmoetten we soldaten die ons hun verhalen vertelden. Eén kapitein vertelde hoe hij en zijn mannen op 9 maart hadden gevochten om hun positie te behouden ondanks het ijskoude water en het ijs in de loopgraaf. 'We hebben ons niet overgegeven,' zei hij trots, 'maar we verloren twintig man en nog eens vierentwintig hadden bevroren voeten.' Voor hem betekende die datum een keerpunt in zijn leven.

Verderop kwamen we een andere officier tegen die dringend in een telefoon sprak en zijn mannen de opdracht gaf waar ze moesten schieten. Overal om ons heen ontvouwde de oorlog zich in realtime, waarbij soldaten nog steeds verwikkeld waren in de strijd om terrein dat door hun vingers leek te glippen.

Toen bereikten we een plek waar we de vlaktes konden zien. Verwoeste dorpen, verwoest door het conflict, verspreid over het landschap. Souchez, St. Eloi, Angres — namen die nu over de hele wereld berucht zijn vanwege het bloedvergieten waarvan ze getuige waren geweest. Het dorp Ablain St. Nazaire viel echter op. Ooit was het een bloeiende gemeenschap, maar nu was het niet meer dan een verzameling zwartgeblakerde balken en verbrijzelde bouwwerken. De kerk, een holle schil, rees op als skeletresten. Voor de soldaten die daar hadden gevochten en waren gestorven, zou dit dorp nooit meer hetzelfde zijn.

V. Britse lijnen

Stel je een uitgestrekte vlakte voor, maar geen lege. Het is ook geen dorre strook zonder leven of hoogte. Het is eerder een landschap bezaaid met heuvels, waaronder een bijzonder opmerkelijke, bekroond door een charmante oude stad die een prachtig uitzicht op de omgeving biedt. Deze uitgestrektheid is verre van eentonig. Het is rijk bebost, goed gecultiveerd en zeker niet verlaten. De vlakte leeft met dorpen verspreid over de vlakte, en kleine marktstadjes liggen nooit ver uit elkaar. Deze nederzettingen zijn met elkaar verbonden door een netwerk van wegen, waarvan vele verhard, en kanalen, waar een respectabel aantal spoorwegen doorheen loopt.

Vanuit de lucht gezien is het eerste dat opvalt de overvloed aan bomen. Hun ronde toppen lijken het landschap te domineren, en alleen de toppen van kerktorens steken boven dit groene bladerdak uit. Andere vormen van architectuur zijn minder prominent aanwezig en alleen zichtbaar in een glimp tussen het gebladerte. De overheersende tinten van het landschap zijn tinten groen en grijs, en vaak weerspiegelt de lucht dit palet, zwaar en bewolkt. Het sterke contrast tussen Noord-Frankrijk en Zuid-België is subtiel en wordt alleen gekenmerkt door de taal op uithangborden en cafémenu's, terwijl de twee regio's verder een opvallende gelijkenis vertonen wat betreft hun fysieke en culturele kenmerken.

De Britse aanwezigheid in dit land is opmerkelijk en onderscheidt zich door een mix van formele beleefdheid en onderliggende warmte. De bezetting is zowel opvallend als discreet, een evenwicht tussen militaire orde en menselijke connectie.

Eén bijzondere ontmoeting springt eruit. Terwijl ik in een dorpsstraat zat te genieten van een buitenmaaltijd met sandwiches met jam, terwijl een auto als buffet diende, vroeg ik een sjofele jonge jongen die met een kleine terriër speelde: "Hoe noem je je hond?" Hij antwoordde met een verlegen maar trotse glimlach: 'Tommy.' Het platteland, doorkruist door telegraaf- en telefoonlijnen, wemelt van een zichtbaar gevoel voor structuur, niet in de laatste plaats in de vorm van verkeersborden. De borden zijn groot en direct; een van de meest voorkomende is het bevel 'Motorvrachtwagens dood langzaam', weergegeven in vetgedrukte letters tegen de achtergrond van buitenlandse straten. Op bijna elk druk kruispunt in de steden staan soldaten als verkeersregelaars, die zorgen voor een vlotte doorstroming van een indrukwekkend aantal voertuigen.

De wegen zijn voortdurend verstopt en wemelen van mechanisch transport. De enorme omvang van het verkeer is overweldigend, waarbij vrachtwagens de wegen monopoliseren. Deze enorme voertuigen, met hun onhandige afmetingen, veroorzaken chaos wanneer ze verstrikt raken in andere vormen van vervoer: auto's, motorrijders, boerenkarren en marcherende soldaten. Het resultaat is een verkeersopstopping die veel chaotischer is dan je zou kunnen tegenkomen in een bruisend stadscentrum, zoals Piccadilly Circus vóór een theatershow. Hoewel de motorvrachtwagens omslachtig zijn, dragen ze vaak bij aan de patstelling, niet alleen vanwege hun omvang, maar ook vanwege het gedrag van de soldaten die erop rijden. Elke motorvrachtwagen vervoert doorgaans twee soldaten vooraan en één achteraan. De eenzame soldaat achteraan, die zich geïsoleerd voelt, springt echter vaak naar de voorstoel om zich bij zijn kameraden te voegen, waardoor een knelpunt achter hen ontstaat terwijl andere voertuigen wanhopig langs proberen te navigeren. Pas als de auto van een stafofficier wordt getroffen, keren de soldaten met tegenzin terug naar hun juiste zitplaats, na een korte maar scherpe berisping.

Deze drukke, ongeordende activiteit op de wegen schetst een beeld van een ingewikkelde, goed geoliede machine die op de achtergrond actief is. Het is een systeem dat zo groot en veelzijdig is dat het onmiddellijk doet denken aan de enige man die de centrale figuur in deze organisatie is: de opperbevelhebber. Hoewel hij niet ongrijpbaar is, doemt zijn aanwezigheid groot op. Het bericht verspreidt zich snel dat hij op een bepaald tijdstip beschikbaar zal zijn voor een ontmoeting, en als je een paar minuten eerder dan gepland arriveert, bevind je je in een groot, ietwat sober kantoor met een uitgesproken Gallische flair, verzacht door de zware aanwezigheid van zijn Anglo-Amerikaanse collega's. -Saksisch personeel.

Je maakt al snel kennis met de leden van de Generale Staf, die, hoewel beroemd en gerenommeerd, het kantoor in en uit lopen met een sfeer van nonchalante onverschilligheid. Het zijn experts, hun namen staan synoniem voor militaire uitmuntendheid, maar in de volgende kamer, achter de zware dubbele deuren, schuilt de ware kracht van deze operatie. De opperbevelhebber. Wanneer je eindelijk in zijn aanwezigheid wordt toegelaten, is het effect onmiddellijk merkbaar: een gevoel van ontzag en zwaartekracht vult de kamer.

De kamer zelf, ooit een salon, draagt nog steeds hints van zijn vroegere elegantie, met zijden lambrisering en de aanhoudende aanwezigheid van een vleugel in de hoek. In het midden staat een grote tafel met een gedetailleerde kaart, die zich als een miniatuurlandschap over de tafel uitstrekt. De man zelf is een stevig postuur, niet lang maar stevig, met kleine handen en voeten, en karaktervolle nagels. Zijn korte witte snor en lichte ogen contrasteren scherp met zijn blozende huidskleur. Vooral zijn kin valt op, een bijna uitdagend kenmerk. Er is niets overdreven verfijnd aan hem; in plaats daarvan is zijn houding gefocust en intens, spreekt hij in korte, reflecterende zinnen en loopt hij heen en weer, waarbij hij bedachtzaam pauzeert tussen de woorden. Wanneer hij over de vijand spreekt, vooral over de Duitsers, is er een opzettelijk gebaar, een uitdagend hoofdschudden dat boekdelen spreekt over zijn vastberadenheid. Het is de houding van een man die klaar is om oude rekeningen te vereffenen. Zijn aanwezigheid straalt een sfeer uit van hardnekkige vastberadenheid en stille strijdlust.

Na een kort gesprek stuurt de opperbevelhebber je weg, en als je weggaat, blijft het gevoel een legendarisch figuur te hebben ontmoet hangen. Maar hij is niet de enige belangrijke figuur in dit uitgestrekte militaire netwerk. Er zijn nog twee andere sleutelfiguren, die allebei op zichzelf even formidabel zijn: de Kwartiermeester-Generaal, die toezicht houdt op de aanvoer van materialen, en de Adjudant-Generaal, verantwoordelijk voor de aanvoer van mankracht. Naast hem staat de Grand Provost Marshal, een figuur met het ultieme gezag, die zorgt voor discipline en de macht behoudt om over leven en dood te beslissen.

Elk van deze figuren opereert binnen een netwerk dat meerdere commandolagen omvat. Elk leger, korps, divisie en brigade heeft zijn eigen leider en staf, die allemaal onvermoeibaar werken om het soepel functioneren van deze enorme en complexe militaire operatie te garanderen. Tijdens mijn tijd in het veld kreeg ik de gelegenheid om te dineren en te praten met verschillende hoge officieren, die allemaal bewonderenswaardig toegewijd waren en voortdurend in beweging waren. Ze hadden zelden tijd om te ontspannen; sommigen stonden bij zonsopgang op en gingen pas na middernacht naar bed. Een generaal die ik ontmoette, maakte een opmerking over zijn prachtige tuin, maar toen ik vroeg of hij die ooit bezocht, antwoordde hij met een wrange glimlach: 'Ik ben er nooit in geweest.'

's Avonds, na een lange dag werken, vertrokken de generaals vaak in hun limousines, op weg naar hun kantoor voor de nachtelijke werksessie die zou duren tot in de vroege uurtjes van de ochtend. De enorme hoeveelheid werk en verantwoordelijkheid op zelfs het laagste commandoniveau, zoals een divisiehoofdkwartier, is onthutsend. Elke divisie voert het bevel over zo'n twintigduizend soldaten, en het werk dat ermee gepaard gaat is grotendeels administratief, vaak alledaags en routinematig. Een deel van het meest fascinerende werk vindt echter plaats op de afdelingen fotografie en kaarten maken. Er worden duizenden kaarten geproduceerd, die elk een ander aspect van het slagveld op verschillende tijdstippen laten zien, en er worden regelmatig speciale kaarten verspreid onder veldofficieren, zodat ze over de meest actuele informatie beschikken als basis voor hun beslissingen.

In alle uithoeken van dit enorme netwerk, van de generaals tot de voetsoldaten, is er een meedogenloze focus op orde, precisie en efficiëntie, wat de enorme verantwoordelijkheid weerspiegelt die ieder individu draagt bij het volhouden van de oorlogsinspanning.

De uitrustings- en reparatieloodsen van het Royal Flying Corps waren enkele van de meest opmerkelijke bouwwerken die ik ooit had gezien: perfect ontworpen, niet alleen voor hun praktische doeleinden, maar ook met een vleugje elegantie. Ik had de gelegenheid om ze te bezoeken tijdens een hevige storm, wat het gevoel van ontzag alleen maar versterkte. De machinerie binnenin was enorm en indrukwekkend; de productieniveaus, onthutsend. De organisatie was methodisch, wetenschappelijk en efficiënt, en het personeel was vriendelijk en zeer bekwaam. Terwijl ik naar de vliegtuigen keek – die vogelkooien vol vogels, zoals ze vaak werden genoemd – en de essentie van het vliegen in me opnam, was het niet langer moeilijk om me de buitengewone prestaties voor te stellen die deze piloten dagelijks uitvoerden, terwijl ze in alle richtingen door de lucht zweefden. . Eén man vloog bijvoorbeeld twee keer per week met de regelmaat van de trein over Gent en had nooit ernstig letsel opgelopen. Deze piloten hadden een uniek fysiek voordeel, zo werd aangenomen: het geluid van hun eigen motor overstemde de geluiden van de granaatscherven die op hen gericht waren.

De Britse soldaat die in Frankrijk en Vlaanderen gestationeerd is, blijkt verre van zelfvoorzienend. Hij heeft ongelooflijk veel steun nodig – meer dan de meeste mensen zich kunnen voorstellen. Ik zag ooit de rantsoenen voor één dag op een dienblad liggen, en het leek een onmogelijke hoeveelheid voedsel om in één keer te consumeren. Er was vlees, overvloedig spek, kaas, jam, brood en groenten. Er was ook thee, suiker, zout, kruiden en soms boter, evenals een wekelijkse voorraad van twee ons tabak en een doosje lucifers. Maar het meest opvallende item op het dienblad was ongetwijfeld het vlees. Daarnaast had de soldaat meer nodig dan alleen voedsel. Hij had brandstof nodig, brieven van dierbaren, netheid, kleding en een reeks oorlogsvoorraden die nodig waren voor het dagelijks overleven en oorlogvoeren. En aan al deze behoeften moest consequent en met grote precisie worden voldaan.

De omvang van deze vraag kan alleen worden begrepen als je kijkt naar de voortdurende goederenstromen die Noord-Frankrijk binnenkomen, niet alleen vanuit Groot-Brittannië maar vanuit de hele wereld. Deze stroom van materialen, aangedreven door de urgentie van de oorlog, is als een krachtige, meedogenloze kracht: een onzichtbare magneet die alles dag en nacht naar de frontlinies trekt. Het volgen van het specifieke pad of de precieze inhoud van deze stromen zou vrijwel onmogelijk zijn, maar er is één punt waar ze allemaal samenkomen: de spoorstaafkop.

Een militaire spoorlijn lijkt misschien een onopvallend, gemiddeld klein treinstation, maar het is in feite een cruciaal knooppunt. Het is niet eens het einde van een spoorlijn, al dient het wel als hoofdkwartier voor een divisiebevoorradingscolonne – een divisie die slechts één van de vele is in Frankrijk en Vlaanderen. Dit specifieke station werd geleid door een majoor, die, ondanks zijn kaki uniform en zijn gebruik van militaire taal, niet leek op de stereotiepe regiments-majoor. Zijn focus lag niet op strategie of strijd, maar op de bevoorradingsactiviteiten. Het was zijn taak om orders te ontvangen van de brigades van de divisie, die voortdurend veranderden, en ervoor te zorgen dat die orders binnen een krap tijdsbestek van zesendertig uur werden uitgevoerd. Het is mogelijk dat deze majoor nog nooit een loopgraaf had gezien, en dat hij zeker niet bedreven was met een revolver, maar zijn expertise lag in het omgaan met de logistieke aspecten van oorlog – ervoor zorgen dat de treinen op tijd arriveerden en dat de vrachtwagens in perfecte staat verkeerden. . De eer van zijn team was verbonden met bonnen, niet met gevechtsstrategieën.

Deze majoor was verantwoordelijk voor alles wat zijn divisie nodig had, behalve water en munitie. Hij hield toezicht op de aankomst van treinen vol voorraden, variërend van voedsel en kleding tot veldkeukens en veldkanonnen, en ontving zelfs brieven van soldatenvrouwen. Hij vroeg zich nooit af hoe deze items arriveerden; zijn enige zorg was ervoor te zorgen dat de treinen stipt waren en dat zijn vrachtwagens in topconditie verkeerden. Dag na dag stroomden er onder zijn toeziend oog tonnen voorraden uit de spoorstaafhoofd, waaronder 280 zakken met post die naar de troepen aan de frontlinie werden gestuurd. Zijn voertuigen werden zo nauwkeurig onderhouden dat ze glansden alsof het de motoren van een luxe jacht waren. Het was in zekere zin het dandyisme van het Army Service Corps, maar het was ook van vitaal belang voor het goede verloop van de oorlogsinspanning.

Een integraal onderdeel van de spoorkopoperatie was de spoorwegbouwsectietrein, die met een verbazingwekkende snelheid nieuw spoor kon aanleggen: meerdere kilometers per dag. Deze op zichzelf staande trein deed dienst als depot, werkplaats en kazerne in één en zorgde voor de voortdurende uitbreiding en het onderhoud van de spoorlijnen die de frontlijnen met de rest van de wereld verbond.

Terwijl ik langs de wegen reisde, zag ik af en toe ruwe borden aan bomen vastgespijkerd met labels als 'Voervoer', 'Boodschappen,' 'Vlees' en 'Brood'. Als ik lang genoeg wachtte, kon ik een van de stromen vrachtwagens vanaf de spoorstaaf zien stoppen en hun lading lossen. Binnen enkele ogenblikken zouden de voorraden – of het nu vlees, brood of groenten waren – net zo snel verdwijnen als ze waren verschenen, en weggevoerd naar de kampen, knuppels en loopgraven. In een ander deel van het veld zou ik getuige kunnen zijn van bevroren schapenvlees uit Nieuw-Zeeland dat in een aardeoven werd geroosterd, een aanblik die, hoewel enigszins rustiek, vreemd genoeg bevredigend was. De enorme hoeveelheid voedsel die werd bereid was onthutsend, en het viel mij op hoe opmerkelijk hoe zelfs in zo'n primitieve opstelling zoveel gedaan kon worden.

Naast de voedselvoorraden waren er ook de niet-eetbare materialen, vooral in het ingenieurspark. Daar vond je alle denkbare instrumenten en apparaten die met oorlogvoering te maken hadden; dingen die vaak te complex waren om in detail te beschrijven, maar die essentieel waren voor de oorlogsinspanning. De telefoons, helmen en andere apparaten waren meer dan alles wat de meeste burgers ooit hadden gezien. En dan was er nog de munitietrein: een werkelijk angstaanjagend gezicht. Het lossen van die trein betekende het hanteren van allerlei soorten munitie, van geweerpatronen tot enorme granaten die gemakkelijk voertuigen konden vernietigen. Naast de explosieven waren er verschillende pyrotechnische apparaten en bommen, waarvan het leek alsof ze gewoon wachtten op de geringste aanraking om ze te laten ontploffen. De agenten gingen met een verontrustende nonchalance met deze apparaten om, alsof het slechts routinematige voorwerpen waren, maar het was moeilijk om geen gevoel van gevaar te voelen in hun aanwezigheid.

Het meest opmerkelijke was echter de afwezigheid van de soldaten zelf. In de Britse linies was het bijna alsof het leger zelf onzichtbaar was. Overal zag je soldaten, maar zij vervulden meestal een ondersteunende rol en zorgden ervoor dat in de materiële behoeften van andere soldaten werd voorzien. De daadwerkelijke strijders waren moeilijker te vinden, vaak in kleine groepen of afzonderlijke eenheden. Tijdens een bijzonder lange wandeling door het platteland vergezelde ik een generaal en liep ik door loopgraven, maar ontdekte twee soldaten: een officier en zijn ondergeschikte. Maar zelfs zij stonden niet in de frontlinie. De officier bracht zijn dagen door met het observeren van het Duitse front door een telescoop vanuit zijn schuilplaats, waar hij een bed, een telefoon en een paar persoonlijke spullen had. Af en toe zoemde de telefoon zwakjes, maar toen ik ernaar vroeg, legde de verpleger uit dat het niets was om je zorgen over te maken. Het was maar iemand die met iemand anders praatte.

De taak van de officier was om een specifiek deel van het front in de gaten te houden en daarover te rapporteren, maar terwijl ik daar stond, kon ik niet anders dan denken aan de enorme uitgestrektheid van het land, de heuvels en dalen die we waren overgestoken om op dit punt te komen. en de ogenschijnlijk triviale stukjes aarde die het middelpunt waren geweest van zoveel geweld. Ik vroeg me af hoeveel bloed er was vergoten voor zulke kleine en onbeduidende stukjes land.

De officier legde ons elk detail nauwgezet uit, waardoor we een diepgaand inzicht kregen in het gedrag van de Duitse soldaten, zoals hij ze had geobserveerd. Maar als het om zijn eigen gewoonten ging, zweeg hij. Hij was niet zomaar een officier; hij was slechts een waarnemer, die voortdurend door een nauwe spleet in de dug-out keek, los van alle persoonlijke zorgen. Zijn levensstijl, zijn comfort, zijn gedachten – of zijn bed oncomfortabel was, hoe hij aan zijn eten kwam of zich ooit verveelde – waren vragen die we nooit stelden. Zijn stemmingen, zijn persoonlijke gedachten over het leven in de dug-out en zelfs de frequentie waarmee hij brieven ontving, waren zaken die we onuitgesproken lieten. Hij was een enigmatische figuur, een man die uitsluitend werd gedefinieerd door zijn rol als waarnemer.

Hij was een korte en zachtaardige officier, zijn stem zacht, maar er klonk toch een zekere warmte uit toen de generaal, die al afscheid had genomen, even bleef staan onder de dekking van wat nabijgelegen gebladerte. De generaal sprak hem met een lichte glimlach en een knikje bij zijn naam aan: 'Goedemiddag, Blank,' zijn stem doordrenkt van een onmiskenbare warmte. Het was duidelijk dat er tussen hen een dieper begrip bestond, een wederzijdse waardering die verder ging dan louter formaliteiten. 'Weet je - nietwaar, Blank? - hoeveel ik je waardeer.' De woorden waren subtiel, maar ze hadden een diepte die op dat moment vluchtig was. Na het korte gesprek, toen de generaal de Londense muziekzalen en de nieuwste artiesten begon te bespreken, keerde het gewone gebabbel terug.

Bij een andere gelegenheid was ik getuige van een zeldzaam schouwspel: twintig soldaten die zich voorbereidden op een echte bombardementsoefening. De omstandigheden waren gespannen, omdat ze oefenden met het bombarderen van een Duitse loopgraaf met scherpe explosieven. De jonge officier die de leiding had, schijnbaar onaangedaan door het gevaar, demonstreerde terloops hoe hij met de bommen moest omgaan. 'Het is volkomen veilig,' verzekerde hij ons, 'totdat ik deze pin eruit haal.' Daarmee verwijderde hij de pin en we zagen de mannen naar de loopgraaf marcheren, zich voorbereidend op de explosie. We werden op veilige afstand gehouden, weggestopt achter de dekking die het terrein bood — niets meer dan kleine hoopjes aarde. Sentinels hielden de wacht en zorgden ervoor dat niemand zich te dichtbij waagde. We kregen de opdracht laag te hurken en onszelf te beschermen. Terwijl we ons achter onze geïmproviseerde schuilplaats verstopten, hoorden we het donderende geluid van explosies: Bang! Knal! Bang! - begeleid door het hoge gejank van granaatscherven die door de lucht boven ons snijden. Toen de rook eindelijk begon te verdwijnen, tuurden we over de rand en zagen de soldaten naar voren rennen, de gebombardeerde loopgraaf trotserend. Wonder boven wonder raakte geen van hen gewond of gedood.

In nog een ander geval had ik de zeldzame gelegenheid om getuige te zijn van een hele brigade in actie. Enkele duizenden mannen marcheerden, vergezeld van hun transportvoertuigen, in perfecte formatie, terwijl twee generaals nauwlettend in de gaten hielden of er enig teken van onvolmaaktheid was. De vertoning was niets minder dan majestueus: een ontzagwekkende demonstratie van militaire discipline. Het miste echter de rauwheid die ik van de oorlog had verwacht. In plaats van de spanning en chaos van de strijd te voelen, zag ik een nauwkeurig afgestelde machine. Terwijl ik ze zag marcheren, begon ik me af te vragen: als het hele Britse leger in dit tempo langs mij zou marcheren, hoe lang zou het dan duren voordat ze voorbij zouden gaan? Ik berekende dat het ongeveer drie weken non-stop observatie zou vergen, zonder pauzes voor de maaltijden, om getuige te zijn van de hele strijdmacht in zijn geheel. Het was een verbazingwekkend besef – een besef dat mij nog scherper bewust maakte van hoe ongrijpbaar de ware omvang van de oorlog nog steeds was.

Een levendiger beeld van het leger kreeg ik toen ik de baden van een nieuwe divisie bezocht: het Nieuwe Leger. Daar baadden de soldaten, een korte onderbreking van het oorlogsvuil. De opzet was verbazingwekkend Brits – misschien meer dan de soldaten en officieren beseften. De baden werden ondergebracht in een grote fabriek die voor dit doel werd herbestemd. Een jonge ondergeschikte, die ongetwijfeld graag aan de strijd wilde deelnemen, maar deze administratieve rol toevertrouwde, beheerde de baden. Hij was niet alleen de badmeester, maar hij hield ook toezicht op de wasoperatie en zorgde ervoor dat soldaten na hun bad schoon ondergoed konden aantrekken. Bij de wasserij waren lokale vrouwen en meisjes werkzaam die onvermoeibaar werkten bij extreem hoge temperaturen, hoewel niemand leek te wankelen onder de hitte. Na wekenlang omringd te zijn geweest door de harde, mechanische oorlogswereld, waren de vrouwen, met hun gratie en charme, een welkome aanblik. Ze waren verbluffend – misschien omdat ze een vluchtige herinnering boden aan de zachtere, meer menselijke kant van het leven, een kant die al lang afwezig was in ons dagelijks bestaan.

Onder de spullen in de wasserij bevond zich een bijzondere museumtentoonstelling: een verzameling overhemden die waren gedragen tijdens de begindagen van de loopgravenoorlog, overblijfselen van de vuiligheid en ellende die een deel van de dragers ervan waren geworden. Volgens de experts waren deze shirts ongeëvenaard in hun enorme wanorde. Het was een vreemd, bijna grotesk eerbetoon aan de diepten van de oorlog.

De baden zelf waren eenvoudig maar efficiënt: grote, stomende vaten waarin soldaten het vuil van het slagveld konden wegschrobben. Tweehonderdvijftig mannen konden zich in één uur baden, omkleden en klaar zijn voor hun dienst. Grotere groepen konden er in een ochtend doorheen fietsen, hoewel de ware omvang van de operatie pas duidelijk werd toen ik hele compagnieën soldaten naar binnen zag marcheren, smerig en vermoeid, en fris gereinigd, schijnbaar kalmer en zelfverzekerder tevoorschijn komend. Het was een kort moment van rust te midden van de chaos. De massa soldaten die naar de baden marcheerden, en degenen die wegmarcheerden, wekte een groeiend vermoeden dat er een veel groter leger bestond, ergens in de buurt verborgen.

Maar ondanks deze glimpen van het leger in actie, moest ik de uitgestrektheid van het leger en zijn complexe infrastructuur nog steeds niet echt begrijpen. Ik had aanvoerlijnen en hulpbronnenstromen westwaarts zien bewegen, terug richting Engeland. Daar, in de ziekenhuizen van Boulogne, was ik getuige van de volgende fase van deze logistieke reis. Het proces was minutieus en elke stap was bedoeld om ervoor te zorgen dat de soldaten de best mogelijke zorg kregen, van de hulppost tot het geavanceerde verbandstation, de veldambulance en uiteindelijk het slachtofferopruimingsstation. In Boulogne zag ik een ziekenhuis waar duizenden soldaten werden behandeld voor hun wonden. Zelfs bij de Clearing Stations lag de nadruk op het snel verplaatsen van zaken: het sorteren en doorsturen ervan voor verdere zorg. Sommige mannen zouden, nadat ze de beginfase hadden doorlopen, uiteindelijk aan boord gaan van ambulancetreinen of binnenschepen, die richting Engeland zeilden voor een intensievere behandeling.

In Boulogne werd de enorme omvang van de inspanningen om voor de gewonden te zorgen duidelijk. Alleen al de wasserij was zo groot dat deze de stad had ingehaald en het werk voor verwerking naar Engeland werd gestuurd. Maar zelfs in deze omgeving was het voornaamste doel om de gevallen op te ruimen – om ze zo snel mogelijk naar de volgende fase van de zorg te brengen.

Een van de meest opvallende bezienswaardigheden was het paardenziekenhuis. Veel paarden raakten gewond, sommigen met granaatwonden, maar ze werden met dezelfde zorg en aandacht behandeld als de mannen. De aanblik van een paard dat onder chloroform werd geopereerd, liet een blijvende indruk achter. Het dier, dat na de operatie weigerde wakker te worden, werd voorzichtig weer tot leven gewekt. Het was onmogelijk om het paard te zien als iets anders dan een levend, ademend wezen, niet anders dan de mannen die voor hun wonden werden behandeld.

In de laatste momenten van mijn tijd aan het front ving ik een glimp op van de ware omvang van het Britse leger. Ik liep langs smalle houten verhoogde wegen en passeerde muren van zandzakken die de frontlinieverdediging vormden. Door een periscoop zag ik de vijandelijke posities en het prikkeldraad dat ons scheidde. Mannen liepen in en uit het zicht, bereidden zich voor op gevechten of verzorgden kleinere taken. De soldaten waren gereed, maar de sfeer was vreemd kalm, ver verwijderd van de chaos van de frontlinies. Toen ik afscheid nam van de majoor, die mij door het gebied had geleid, werd ik getroffen door het besef hoe anders de wereld die ik had gezien was van de wereld die ik me had voorgesteld.

"Nou, wat vind je van onze 'loopgraven'?" vroeg de majoor, zijn stem klonk verwachtingsvol.

'Prima,' antwoordde ik, al was mijn reactie meer uit gewoonte dan uit oprecht enthousiasme. Ik vroeg me af of mijn korte antwoord hem tevreden had gesteld.

Toen ik wegging, kon ik het niet laten om na te denken over wat ik zojuist had gezien. Ik begreep voor het eerst wat oorlog werkelijk was: een complexe, meedogenloze machine, die alles op zijn pad wegvreet. Toch kon ik het gevoel nog steeds niet van me afschudden dat er zoveel meer onder de oppervlakte zat, aan het zicht onttrokken. En toen ik vertrok, gingen mijn gedachten uit naar de komende reis, waarbij ik me afvroeg of we veilig de weg terug zouden kunnen vinden.

VI: De unieke stad

Toen we Ieper naderden, kwamen we een burgerwagen tegen, waarvan de inhoud bestond uit een mix van meubels uit een bescheiden huis en verschillende lange stukken vergulde lijstwerk. De aanblik van het glanzende goud op de wagen trok onze aandacht te midden van de chaos. De wind was onverbiddelijk, sterk en warm en zwiepte het stof van zowel de weg als het nabijgelegen spoor op, waardoor de lucht dik werd van ongemak. Het verre gerommel van artillerievuur was constant, een herinnering aan het gevaar dat ons omringde. Keer op keer werden we aangespoord om langs bepaalde gebieden te haasten, om te voorkomen dat we bleven hangen, en de voertuigen die ons vervoerden kregen nauwkeurige aanwijzingen over waar ze tijdens onze korte afwezigheid dekking moesten zoeken.

Terwijl we verder reden, passeerden we een plek waar een granaat langs de weg op de grond was ingeslagen, waardoor een regen van aarde en stenen op het dak van een asiel aan de overkant terechtkwam. Vreemd genoeg leek het asiel zelf onaangeroerd, en de weg onder onze voeten was ongedeerd. Het puin van de ontploffing lag echter op het dak. Ondanks de tekenen van vernietiging om ons heen voelden we weinig angst; de kans dat de fotolijstenmaker met zijn bezittingen zou ontsnappen leek overweldigend in zijn voordeel. En inderdaad, dat deed hij. Toch raakte de situatie een vreemde snaar bij mij. Voor een al te gevoelige, niet-Duitse geest leek het bijna onrechtvaardig dat de lijstenmaker, nadat hij het verlies van zijn levensonderhoud had geleden, zijn leven moest riskeren alleen maar om de overblijfselen van zijn eens zo bloeiende carrière te redden.

Verderop in de stad, vlak bij de buitenwijken, waren we getuige van twee mannen die bezig waren planken te redden van een bovenverdieping van een gebouw dat weinig schade had opgelopen. Het was bijna het enige dat overbleef van het bouwwerk, en ze werkten vastberaden en riskeerden alles om deze kostbare materialen terug te winnen. Hun inspanningen leken, in de context van de bredere vernietiging, bijna dwaas heroïsch.

Het was bijna twintig jaar geleden dat ik Ieper voor het laatst bezocht, en op dat moment waren de restauratiewerkzaamheden van de stad nog maar net begonnen. De restauratie van historische monumenten, waaronder de Lakenhal en de kathedraal van Sint-Maarten, naderde zijn voltooiing toen de oorlog uitbrak, net op tijd om het conflict grote schade aan te richten. Dit feit versterkte, zoals sommige Duitsers betoogden, hun theorie dat België, in samenwerking met Groot-Brittannië, zich al die tijd had voorbereid op oorlog – een absurde maar toch wijdverspreide bewering. De Grande Place, een van de grootste openbare pleinen van Europa, was nog steeds herkenbaar. In feite was het zo groot dat er comfortabel een middelgrote oceaanstomer in kon passen. Er waren geen andere pleinen in Londen of New York waar een schip van 10.000 ton zo gemakkelijk kon worden ondergebracht. Zelfs een schip van 15.000 ton zoals de Arabische zou erin passen, zij het diagonaal.

De Grande Place was getuige geweest van een groot deel van de geschiedenis. In de 13e eeuw was het het hart van een bloeiende stad met een bruisende bevolking van 200.000 wevers. Toch had een combinatie van plaatselijk wanbeheer en buitenlandse agressie door de eeuwen heen de bevolking van de stad dramatisch verminderd. In de 16e eeuw was dit aantal gedaald tot 5.000, en in de 20e eeuw was het gedaald tot iets meer dan 17.000. Nu was het volkomen verlaten. De stad was onbewoonbaar geworden. Slechts enkele maanden vóór mijn bezoek was de stad vol leven. De mensen die tijdens de eerste golf van bombardementen waren gevlucht, begonnen weer binnen te druppelen, maar hun hoop was van korte duur. In de derde week van april was er enige handel op de Grande Place, met kraampjes waar ansichtkaarten werden verkocht met afbeeldingen van de verwoesting van het treinstation. Maar toen kwam het grote bombardement, dat, zo werd mij verteld, nog steeds aan de gang was.

Om de omvang van de verwoesting te begrijpen, hoef je alleen maar de Sint-Maartenskathedraal binnen te stappen. Dit gotische bouwwerk, voornamelijk gebouwd in de 13e eeuw, had catastrofale schade opgelopen. De toren, die sinds de bouw onvoltooid was gebleven, zou nu nooit meer af zijn. Een groot deel van het lichaam van de kathedraal lag in puin. Het koor had geen dak meer en delen van de apsis en het vroeggotische schip waren uit elkaar geblazen. Het roosvenster van het zuidelijke transept, ooit een adembenemend gezicht, was tot niets gereduceerd. Binnen stapelde het puin van de verwoeste delen van het gebouw zich op als een onherkenbare berg en bedekte het eens zo grote interieur. De stapel gebroken bakstenen, stenen en stof strekte zich uit over 15.000 tot 20.000 vierkante meter en was op sommige plaatsen wel zes of zeven meter hoog. Het was alsof de kathedraal door de aarde zelf was opgeslokt. Het was gevaarlijk om over de hoop puin te klimmen, omdat het op een verraderlijke bergketen leek.

Ondanks de ruïne bleven er enkele overblijfselen van schoonheid over. De heldere kleuren van het altaar stonden in schril contrast met de omringende verwoesting, en het orgel, op wonderbaarlijke wijze intact, klampte zich vast aan de noordelijke muur van het koor. In de sacristie stonden de kandelaars en het altaarmeubilair vergeeld door de bijtende werking van picrinezuur. Van een afstand leek de kathedraal solide, maar eenmaal binnen was de angst voelbaar dat de kwetsbare overblijfselen bij de minste verstoring zouden kunnen instorten.

Toen ik de kathedraal verliet, voelde ik een gevoel van opluchting, maar dat gevoel was van korte duur. Net buiten werd ik geconfronteerd met de vernietigende kracht die deze verwoesting had veroorzaakt. Een 17-inch granaat had een krater van 15 meter breed achtergelaten, en de explosie had plaatsgevonden op een kerkhof, waar de botten van de overledene nu verspreid tussen het wrak lagen.

De Lakenhal, misschien wel indrukwekkender dan de kathedraal zelf, had soortgelijke, zo niet ergere schade geleden. De gevel van drie verdiepingen, ooit een architectonisch wonder, stond gedeeltelijk instorten. Er was een enorm gat aan de linkerkant en het glas was al lang verdwenen. De gevel leek iets naar voren te leunen, hoewel ik niet kon zeggen of het een optische illusie was of een daadwerkelijke verschuiving in de structuur. De centrale toren, hoewel verbrijzeld, vertoonde nog steeds enige gelijkenis met zijn oorspronkelijke vorm. De rest van het interieur van het gebouw was teruggebracht tot een chaotische puinhoop. Het prachtige Nieuwwerk, een renaissancegebouw aan de oostkant van de Lakenhal, was volledig verdwenen, samen met het nabijgelegen stadhuis. Alleen fragmenten van gebogen metselwerk en stapels puin gaven aan waar ze ooit stonden.

De omgeving van de Grande Place was niet beter. Toen ik rond het plein liep, werd ik omringd door puin en ruïnes. Een paar gebouwen, zoals het Hopital de Notre Dame, hadden het relatief ongeschonden overleefd, hoewel ze nog steeds zwaar beschadigd waren. De rest van het plein was echter weinig meer dan een kerkhof van verbrijzelde muren en afgebrokkelde bouwwerken. In bepaalde gebieden bleef de geur van verval en dood in de lucht hangen, een harde herinnering aan de kosten van oorlog.

Op een gegeven moment pauzeerde ik om een ruwe schets van het tafereel te maken, in de hoop de grootsheid van de vernietiging voor het nageslacht vast te leggen. Het schouwspel voor mij, met de angstaanjagende overblijfselen van ooit grote gebouwen, was zo opvallend dat ik vond dat de Britse regering de plicht had om het goed te fotograferen, om ervoor te zorgen dat de wereld de omvang van de verwoesting zou zien.

Ik zat op de rand van een granaatgat vlakbij het ziekenhuis en durfde niet te dichtbij te komen, uit angst dat het gebouw zou instorten. De wind huilde om me heen en het geluid van geweervuur in de verte hield nooit op. Hoog boven ons vloog een Brits vliegtuig; de aanwezigheid ervan herinnerde eraan dat de oorlog nog lang niet voorbij was. De straten om me heen waren griezelig stil, afgezien van een enkele windvlaag of de verre rook van een ander brandend gebouw. De Grande Place, ooit een bloeiend centrum van handel en leven, was nu een verlaten en angstaanjagende herinnering aan de verwoestingen die de oorlog had aangericht.

Ik fluisterde tegen mezelf: 'Hier kan elk moment een granaat landen.'

De angst kroop mijn hart binnen, maar verrassend genoeg
was het niet de angst voor een dreigend granaat dat mij
verteerde. Nee, het was iets veel intensers: de
overweldigende, verstikkende eenzaamheid. Steden als
Reims en Arras waren, hoewel getroffen door de oorlog,
nog steeds bewoond. Er waren mensen: postbodes,
kranten, winkels en zelfs cafés die neuriën op het zwakke
ritme van het normale leven. Maar in Ieper was er niets.
Geen drukte, geen leven. Elke straat voelde als een lege
woestijn, verstoken van zelfs de meest elementaire tekenen
van bestaan. Geen enkele hond schreeuwde om restjes. De
stilte was verstikkend, zwaar als een onzichtbaar gewicht
dat tegen mijn borst drukte.

Om elke verwarring te voorkomen had ik de stafofficier
beloofd mijn positie op het plein niet te verlaten voordat hij
terugkwam. We wilden geen van beiden het risico lopen
door het doolhof van straatjes te dwalen en onbedoeld een
spelletje verstoppertje te spelen in deze grimmige, verlaten
stad. Dus werd ik alleen gelaten, een gevangene van de
enorme leegte die mij omringde. Ik verlangde wanhopig
naar de terugkeer van mijn metgezellen.

Plotseling echode het geluid van stemmen en voetstappen
zwakjes in de verte. Om de hoek verschenen twee Britse
soldaten, die langzaam over het plein liepen. Tegen de
uitgestrektheid van de lege ruimte leken ze klein, bijna
onbeduidend. Ik voelde een plotselinge drang om naar hen
toe te gaan, om te spreken, maar ik wist wel beter. Engelsen
doen dat niet, zeker niet in een plaats als Ieper. We
wisselden terloopse blikken uit – niets meer en niets minder
– en we deden allemaal alsof alles volkomen normaal was.

Zolang ze in zicht waren, voelde ik een vreemd gevoel van veiligheid, alsof hun aanwezigheid het groeiende ongemak in mijn borst kon afweren. Maar toen ze eenmaal in de verte verdwenen, keerde de angst terug, sterker dan voorheen. Het was niet alleen maar angst; het was een allesomvattend gevoel van angst, een verontrustend gevoel dat aan mijn zenuwen knaagde en mijn geest deed racen met duistere gedachten.

Ik had beloofd het tafereel te schetsen, dus ging ik aan de slag, maar dat was meer uit verplichting dan uit verlangen. Toen de taak eenmaal was volbracht, sprong ik overeind, verlangend om aan de beslotenheid van mijn kleine hoekje te ontsnappen. Ik dwaalde door de straten, in de hoop mijn vrienden terug te zien komen, maar het enige wat ik vond was dezelfde leegte die mij achtervolgde. Ik was depressief, prikkelbaar en had eerlijk gezegd spijt van mijn beslissing om naar het front te komen. Ik kon het gevoel niet van me afschudden dat ik Ieper misschien nooit levend zou verlaten.

Toen ik eindelijk de stafofficier zag naderen, stroomde de opluchting door mij heen. Maar het gevoel van verlatenheid bleef lang daarna hangen, als een donkere wolk die weigerde te verdwijnen.

Ieper had, zoals zoveel plaatsen getroffen door oorlog, straten die ooit bruisten van leven. Eén van de hoofdwegen, de Rue de Lille, stond mij nog scherp in het geheugen. Het strekte zich uit van tegenover de Lakenhal tot aan de Rijselpoort en leidde naar de Duitse linies. Deze straat stond bekend om zijn verbluffende architectuur. Er was het Hospice Belle, een 13e-eeuws opvanghuis voor oudere vrouwen, het Museum, ooit Hotel Merghelynck, vol met antiek, en het Sint-Janshospitaal, hoewel niet zo opmerkelijk als zijn naamgenoot in Brugge. Het Maison de Bois, een prachtig gotisch gebouw, stond trots aan het einde van de straat, en de Steenen, een veertiende-eeuws gebouw, was omgebouwd tot het postkantoor van de stad.

Maar toen ik nu door de Rue de Lille liep, werd ik getroffen door de angstaanjagende verlatenheid ervan. Behalve het postkantoor, dat op wonderbaarlijke wijze intact leek, lag de rest van de straat in puin. De muren van gebouwen waren gereduceerd tot verbrijzelde overblijfselen, onkruid groeide uit scheuren in de stenen en stof dwarrelde door de lucht, meegevoerd door de wind terwijl het door de spookachtige overblijfselen van de stad raasde. De geur van verval was doordringend en steeg op uit het gebroken metselwerk dat de overblijfselen uit het verleden verborg. Het was alsof de straat zelf rouwde om het verlies van een ooit zo levendig leven.

Ik sloeg een zijstraat in en passeerde wat de huizen van kantklossers leken te zijn. Deze kleine huisjes, zo bescheiden en onopvallend, leken onaangetast door de verwoesting. De Duitsers zouden zulke straten met hun nauwgezette precisie hebben gespaard voor artillerievuur, want ze waren onbeduidend in het grote plan van hun vernietiging. Toch vroeg ik me af hoe ze zulke uiterste nauwkeurigheid met hun artillerie voor elkaar kregen, geleid door wat ongelooflijk gedetailleerde kaarten moeten zijn geweest. Het gerucht ging dat sommige van deze kaarten door bedrog waren verkregen en dat Duitse agenten zich als burgers hadden voorgedaan om inlichtingen te verzamelen.

Ondanks dat de straten onaangeroerd leken, was de stilte zenuwslopend. De deuren van de kleine huisjes stonden wijd open, waardoor de kamers in wanorde zichtbaar waren. De kleine salons, hoewel rommelig, bevatten nog steeds de overblijfselen van het dagelijks leven: meubels, ooit liefdevol gearrangeerd, nu haastig opzijgegooid. Schoorsteenmantels waren volgestouwd met snuisterijen, en lades bleven open en niet geleegd, alsof de bewoners abrupt in hun leven waren onderbroken.

Het was opvallend hoezeer deze bescheiden huizen op elkaar leken; hun interieur was vrijwel identiek in hun eenvoud. Deze gedeelde ambitie om elkaars leven te spiegelen was ontroerend, zelfs in zijn tragische eenvoud. De straten zelf leken een verhaal te vertellen van onderbroken levens, van vrouwen en kinderen die haastig op de vlucht sloegen en een leven vol herinneringen en bezittingen achterlieten, verspreid als weggegooide overblijfselen van hun vorige levens.

Hoewel de interieurs een momentopname waren van het gezinsleven – kookgerei, kleding, kleine herinneringen aan een onderbroken leven – aarzelde ik om naar boven te gaan. Ik wist dat plunderen ten strengste verboden was en ik respecteerde de regels, al voelde ik me wel een bezoeker in een vergeten wereld. Terwijl ik van huis tot huis liep, werd ik overweldigd door de angstaanjagende stilte. Ooit leefden deze huizen op het ritme van het dagelijks bestaan, maar nu stonden ze als holle herinneringen aan wat verloren was gegaan.

Het viel mij op hoe snel alles veranderd was. Een moment geleden waren deze huizen nog woningen geweest. Toen ging er een alarm – plotseling en wijdverspreid – door de straten, en in een oogwenk veranderden ze in levenloze, verlaten bouwwerken, verstoken van hun voormalige bewoners. Waar ze naartoe gingen, heb ik nooit gevraagd. Het leek zinloos. Ze waren simpelweg verdwenen, opgegaan in de enorme zee van vluchtelingen.

Buiten de stad lagen ook de desolate buitenwijken in puin. Fabrieken stonden er als roestende skeletten, kanalen stonden stil en waren vergeten, en treinstations stonden stil, verlaten door het oprukkende onkruid. Het voelde alsof de tijd zelf had stilgestaan en alleen het wrak was overgebleven van wat ooit een bloeiende gemeenschap was geweest.

Niet ver buiten de buitenwijken lagen de Duitse artillerieposities, hun kanonnen rechtstreeks op het hart van Ieper gericht. Dit waren de vernietigingswapens, geleid door mannen die hun leven hadden gewijd aan het perfectioneren van de kunst van het vernietigen. Om hen heen stonden soldaten, ooit vrije mannen, nu gereduceerd tot louter oorlogsinstrumenten, die bevelen met brute efficiëntie uitvoerden.

Elke granaat die op Ieper neerstortte was het resultaat van nauwgezette planning, een direct gevolg van orders die met zorgvuldige berekeningen waren afgewogen en besloten. De vernietiging van deze oude stad was niet willekeurig; het was een doelbewuste, weloverwogen poging om iets moois uit te wissen. De generaals, hun gezichten gevuld met grimmige voldoening, vierden elke succesvolle treffer. 'Nog een granaat in de kathedraal!' zouden ze uitroepen. "Een gat in de Lakenhalle!" En zo werd Ieper langzaam tot puin gereduceerd, zijn eeuwenoude geschiedenis aan diggelen geslagen.

'Maar', zou je kunnen zeggen, 'dit is tenslotte oorlog.' En ja, misschien is dat waar. Maar zelfs in oorlog zijn er momenten waarop we even stilstaan bij de tragedie van dit alles.

De toekomst van Ieper, hoewel onzeker, blijft een onderwerp dat tot de verbeelding spreekt. Hoewel het slechts een van de vele steden is die vreselijk lijden hebben doorstaan, neemt het ongetwijfeld een unieke plaats in de geschiedenis in. Veel kleinere steden en dorpen hebben te maken gehad met verwoestingen die vergelijkbaar zijn met die in Ieper, en in sommige gevallen hebben ze misschien zelfs nog meer verwoestingen te verduren gehad. Geen enkele stad met hetzelfde niveau van historische, commerciële en artistieke betekenis heeft echter in dezelfde mate geleden als Ieper tot nu toe. Het is een tragisch symbool van de verwoestingen die de Duitse troepen tijdens de oorlog in België hebben aangericht.

Ieper lag aan de weg naar Calais, maar de nabijheid van dit strategische pad was niet de werkelijke oorzaak van de vernietiging ervan. Zelfs als de Duitse kanonnen de stad niet tot ruïnes hadden gereduceerd, zou de weg naar Calais er niet gemakkelijker op zijn geworden voor hun militaire machine. Ieper was nooit bedoeld als militair bolwerk, en het had ook niet als zodanig kunnen dienen. Als de Duitsers de Britse strijdkrachten in de buurt van Ieper hadden kunnen verslaan, zouden ze met weinig weerstand door de stad kunnen trekken, als een roofdier door een onbeschermd veld.

De echte misdaad van Ieper was de ongelukkige locatie. Het lag op het pad van een gefrustreerd en woedend vijandelijk leger, een leger dat, ondanks zijn overweldigende numerieke superioriteit en immense vuurkracht, de kleine maar vastberaden Britse strijdmacht in het gebied niet kon verschuiven. De Duitse strijdkrachten, boordevol arrogantie en overmoed, waren begrijpelijkerwijs woedend over hun onvermogen om door te breken. In hun woede probeerden ze iets te vernietigen – wat dan ook – om hun frustratie te verlichten. Het resultaat was de vernietiging van de meest waardevolle architecturale en culturele monumenten van Ieper, zoals de kathedraal en de Lakenhal, die bezweek onder het gewicht van hun misplaatste woede. De loopgraven van de stad bleven echter intact.

Deze verwoesting van Ieper is weliswaar zinloos, maar draagt toch een zekere psychologische waarheid in zich. Het was het resultaat van een overweldigend gevoel van onmacht, een wanhopige behoefte om iets te vernietigen als de overwinning op het slagveld niet kon worden behaald. Deze psychologische realiteit geeft inzicht in waarom Ieper, de stad van geschiedenis en schoonheid, in puin lag. Het markeert het einde van een hoofdstuk in de geschiedenis van de stad en het begin van een nieuwe, onzekere toekomst.

Om de toekomst van Ieper te begrijpen, is het essentieel om de schade die het land heeft geleden in kaart te brengen. Hoewel de stad verwoest is, is deze niet volledig verwoest. Toen ik er in juli was, ontdekte ik dat ongeveer de helft van de gebouwen in Ieper nog overeind stond, zij het in beschadigde staat. Hoewel deze structuren ontsierd zijn door de verwoestingen van de oorlog, kunnen veel ervan snel worden gerepareerd. De inwoners van Ieper, van wie velen ontheemd waren, konden met minimale moeite terugkeren naar hun huizen, op voorwaarde dat de economische omstandigheden gunstig waren. Het is onvermijdelijk dat de economische situatie zal verbeteren, aangezien de ijverige bevolking van België zal herbouwen wat verloren is gegaan.

De meest iconische bouwwerken van de stad – die de kern
vormden van het Ieperse burger- en culturele leven – zijn
echter verdwenen. Neem bijvoorbeeld de Grote Markt, die
totaal verwoest is. Als Ieper op een manier wil herstellen
die op zijn vroegere glorie lijkt, zullen de gebouwen die
ooit de Grote Markt omzoomden volledig herbouwd
moeten worden. Dit zal een enorme inspanning vergen,
aangezien de fundamenten van deze bouwwerken onder
het puin liggen. Ik schat dat er minstens 150 particuliere
gebouwen op de Grote Markt stonden, elk met meerdere
verdiepingen, en elk gebouw was ooit een essentiële bron
van inkomsten en levensonderhoud voor de mensen die ze
bezaten. Degenen die ooit Ieper hun thuis noemden, zijn
nu verspreid over Europa, verarmd en ontmoedigd.
Dezelfde verwoesting strekt zich uit tot andere belangrijke
straten zoals de Rue de Lille.

Als de eigenaren van de eigendommen van Ieper zouden
terugkeren en zouden proberen het land weer op te
bouwen, zou de omvang van de taak overweldigend zijn.
Het zou een enorm initiatief, veerkracht en een geloof in de
toekomst vergen dat zelfs de meest gedurfde onder hen
zou kunnen afschrikken. Bovendien zal de taak van de
wederopbouw worden belemmerd door een gebrek aan
zowel financieel kapitaal als arbeid, aangezien Europa zich
in de greep bevindt van herstel van de oorlog. Het tekort
aan arbeidskrachten zal waarschijnlijk nijpender zijn dan het
financiële tekort, aangezien elke sector werknemers nodig
zal hebben. De immense omvang van de wederopbouw,
van het opruimen van de funderingen tot het opnieuw
inrichten van huizen en het vinden van huurders, zal dit een
lastige, misschien wel onmogelijke taak maken.

In zekere zin zal Ieper nooit volledig herstellen. Als de stad wordt herbouwd, zal zij een schaduw zijn van haar vroegere zelf, een herinnering aan de verschrikkingen die daar ooit hebben plaatsgevonden. Het nieuwe Ieper wordt een kamp te midden van de ruïnes, een tijdelijke nederzetting waar mensen samenkomen maar nooit volledig terugkeren naar de vroegere vitaliteit van de stad. Nog generaties lang, zo niet voor altijd, zal Ieper een bewijs blijven van het zinloze oorlogsgeweld en de dwaasheid van degenen die de oorlog hebben veroorzaakt.

In de onmiddellijke nasleep van de oorlog zal Ieper waarschijnlijk een plaats van historisch belang worden. Het zal toeristen en toeristen uit alle hoeken van de wereld aantrekken. Er zullen hotels en gidsen verschijnen, en toeristen zullen de ruïnes massaal bezoeken, gretig om met eigen ogen getuige te zijn van de verwoesting. Sommige mensen zullen ongetwijfeld profiteren van dit macabere spektakel, waardoor de tragedie van de stad een bron van inkomsten wordt. Dit is een grimmig lot voor de inwoners van Ieper, maar onvermijdelijk. Hoe groter het aantal mensen dat Ieper bezoekt en over zijn geschiedenis leert, hoe groter de hoop op de vooruitgang van de mensheid.

Als de gevel van de Lakenhalle behouden kan blijven, zou er een inscriptie op moeten staan ter herdenking van de gebeurtenissen van 31 juli 1914, toen Duitsland België verzekerde dat het zijn neutraliteit zou respecteren, om die belofte slechts enkele dagen later te schenden. De inscriptie zou luiden:

"Op 31 juli 1914 gaf de Duitse minister in Brussel de positieve en plechtige verzekering dat Duitsland niet van plan was de neutraliteit van België te schenden. Vier dagen later viel het Duitse leger België binnen. Kijk om je heen."

Terwijl je door de ruïnes van Ieper loopt, kun je niet anders dan een mengeling van minachting en woede voelen over de schaamteloze pogingen van de Duitse regering om haar daden te rechtvaardigen. De excuses die Duitsland aanvoert voor zijn daden – gemeen, misleidend en absurd – staan in schril contrast met de realiteit van de verwoesting van de stad. Toch geeft het een zekere grimmige voldoening te weten dat Duitsland op een dag spijt zal krijgen van de misdaad die het heeft begaan. De leiders die ooit opschepten over hun militaire bekwaamheid worden nu geconfronteerd met de gevolgen van hun daden en staan waarschijnlijk te trillen terwijl ze zich voorbereiden op de onvermijdelijke gevolgen van hun hoogmoed en barbaarsheid.

HET EINDE